LASCIVES

Données de catalogage avant publication de la Bibliothèque nationale du Canada
Bray, Julie
Lascives : de nouvelles... nouvelles érotiques de femmes

  (Littérature érotique)

  ISBN 2-7640-0808-2

  I. Titre. II. Collection

PS8553.R366L37 2004   D849'.6   C2003-941860-X

LES ÉDITIONS QUEBECOR
7, chemin Bates
Outremont (Québec)
H2V 4V7
Tél. : (514) 270-1746

©2004, Les Éditions Quebecor
Bibliothèque nationale du Québec
Bibliothèque nationale du Canada

Éditeur : Jacques Simard
Coordonnateur de la production : Daniel Jasmin
Conception de la couverture : Bernard Langlois
Illustration de la couverture : SuperStock
Infographie : Yanick Lebel, 15e Avenue infographie

Nous reconnaissons l'aide financière du gouvernement du Canada par l'entremise du Programme d'Aide au Développement de l'Industrie de l'Édition pour nos activités d'édition.

Gouvernement du Québec – Programme de crédit d'impôt pour l'édition de livres – Gestion SODEC.

Imprimé au Canada

Julie Bray

LASCIVES

LES ÉDITIONS
Quebecor

INTRODUCTION

Quelques mots – promis, seulement quelques mots! – avant que je vous entraîne vers d'autres aventures sensuelles et érotiques qui, je l'espère, vous feront frissonner de désir et de plaisir.

Vous êtes nombreuses à m'écrire, et je vous invite à continuer à le faire[1], car je crois que vos aventures ou vos fantasmes, à chacune, peuvent nous déculpabiliser de nous permettre parfois quelques écarts, de nous offrir quelques aventures ou de nourrir certains fantasmes. En outre, cela montre bien, quoi qu'imaginent encore certains esprits bien pensants, que le plaisir n'est pas que l'apanage des hommes. Seulement, nous, femmes, nous ne portons pas ces épisodes comme des étendards et nous sommes plus discrètes dans nos façons de réaliser et d'exprimer nos rêves cachés.

Mais ces pages qui suivent, ces mots qui les composent, nous montrent en revanche que nous avons encore bien des coins de jardin secrets...

---

[1] juliebray@art-culture.com

ELLE ET LUI

JE T'ATTENDS, MON AMOUR

Viens, chéri! Viens, amour! Assieds-toi bien en face de moi. Dégrafe doucement ton pantalon et fais sortir, humm… ta grosse bite. Quelle belle dimension! Je sais me caresser. J'aime me donner du plaisir devant toi, mon petit cœur. Tu sais… c'est très érotique que tu sois là à me regarder, plutôt que d'être seule; c'est très érotique de savoir que tu aimes me regarder, mon petit voyeur chéri… Je préfère ta présence chaleureuse à la froideur de la glace pour m'occuper de ma petite chatte. Je sais que tu apprécies la façon dont je m'y prends.

Donne-moi ta queue que je la tienne pendant que je me caresse. Regarde aller et venir mes doigts sur ma chatte, dans ma chatte. Je m'ouvre au maximum pour que tu voies mieux. Ça y est, je sens un flot m'inonder. Oh… que c'est bon! Je suis très excitée, et toi aussi, je le vois. Oui, poursuivons… Je découvre mon clitoris, le coquin. Il bande. Je l'enduis de salive et de mouille. Je le caresse, je le titille. Regarde comme il gonfle – il est dur, tu sais. Ta queue l'est aussi, bien dure… Oh… mon amour. Que c'est bon… Mon ventre se remplit d'une douce chaleur; ma chatte brûlante est toute ruisselante.

Oh… Je sens l'orgasme qui monte.

Je dois réfréner mes doigts pour mieux jouir. Observe. Tout mon bassin tremble de plaisir; je m'agite, je m'ouvre plus encore; je vais me faire jouir. Oh, regarde combien je suis trempée!

Viens te faire sucer bien à fond; oui, tu adores ma bouche gourmande... Et, oui, tes doigts s'égarent dans ma fente; oui, chéri, enfonce-moi tes doigts; mieux, plus profondément.

C'est bon d'être ainsi offerte; soumise à tous tes désirs. C'est bon d'assouvir tous tes caprices, d'accéder à toutes tes fantaisies.

Oui, mon amour, prends-moi, là, tout de suite, j'en ai très envie.

Enfonce ta grosse queue, défonce-moi comme un fou, baise-moi férocement, cruellement. J'adore voir le trouble dans tes yeux. J'adore que l'on soit bien, profondément l'un dans l'autre, et que l'on reste ainsi soudés, secoués de spasmes violents.

Oui, mon amour. Rentre vite de ton boulot, va vite à ton ordinateur, découvre ma lettre et... viens me faire ma fête! Je t'aime.

– Lyne

MOI ET LUI... ET MOI

Je me nomme Louise; j'ai les cheveux châtains, les yeux bruns; je suis un peu plantureuse. J'ai rencontré mon amant sur Internet et... je vais vous raconter ma deuxième aventure avec lui, car la première fut sans conséquence.

J'ai donc connu Jean sur le Web. Nous nous faisions ce que nous pourrions décrire comme des cyberéchanges très... canailles. À l'occasion de l'un d'eux, il m'a dit qu'il aimerait me rencontrer. J'ai répondu «oui». Et c'est ainsi que deux jours plus tard, il est venu me chercher.

En m'installant dans sa voiture, j'avoue que je me sentais nerveuse, non! fébrile. Et lui aussi l'était. Mais sans hésitation, et sans mot dire, je l'ai embrassé à bouche-que-veux-tu et mes mains se sont laissées aussitôt aller à caresser ses cuisses et son entrejambe.

Nous avons tourné quelques minutes dans les rues des alentours, ne sachant trop si l'un et l'autre nous partagions le même désir. Puis, lorsque l'affiche clignotante de l'hôtel nous a convaincus que nous avions tous les deux la même idée en tête, nous nous sommes arrêtés, nous nous sommes engouffrés dans le hall minuscule et nous avons pris une chambre.

Une fois la porte refermée derrière nous, je l'ai pris dans mes bras et j'ai caressé ses cheveux; je lui ai dit dans l'oreille que j'étais très contente de le rencontrer. Il m'a dit que c'était réciproque. J'ai tourné ma langue dans sa bouche et j'ai senti sa salive couler sur le bord de mes lèvres. Nous nous sommes dévorés des yeux, de la bouche, des mains.

Il m'a conduite vers le lit et m'a couchée sur le dos. Ses mains ont parcouru mon corps par-dessus mes vêtements et, doucement, tout en m'embrassant, il a déboutonné ma blouse. Malgré mon soutien-gorge noir en dentelle, je savais qu'il pouvait voir mes seins déjà bandés. De ses mains agiles, il les a caressés et j'ai commencé à frémir. Il a détaché habilement mon soutien-gorge, et l'a laissé tomber sur le sol. Puis, sa bouche a plongé dans mon cou – non, il ne m'a pas sucée comme un vampire, mais sa langue chaude a excité mes sens, avant de descendre, de glisser sur ma peau, d'atteindre mes seins, mes mamelons. Il les a mordillés tranquillement, mais avec force. Et j'ai gémi, j'ai senti que je voudrais tout ce qu'il voudrait. Mes mains ont caressé son dos et ses fesses pendant que ses lèvres insistaient sur mes tétons. Sa main est descendue sur mon jean dont il a dégrafé le bouton avant de descendre la fermeture-éclair et de se lancer à l'exploration de mon entrejambe déjà moite.

Puis, sans retenue, sans plus d'amour-propre, je l'ai pris et je l'ai forcé à s'asseoir au creux d'un fauteuil; j'ai alors baissé son pantalon. Je me suis mise à ses genoux et j'ai caressé son sexe, dur, bandé, les yeux rivés sur cette queue bandée, raide, décidée, prête à m'enfiler. Le frôlant de ma langue, le léchant, je n'ai pu tenir longtemps avant d'enfiler ce gland turgescent dans ma bouche et de le sucer avec passion. J'ai senti son souffle s'accélérer et j'ai entendu sa voix me souffler: «Oui... c'est bon, continue...»

Je l'ai sucé avidement pendant que mes mains caressaient ses couilles; j'ai fait aller et venir ma bouche sur ce membre tout raide. Il m'a alors prise dans ses bras et m'a placée debout devant le miroir, me faisant écarter les jambes toutes grandes. Son membre s'est enfoncé d'un seul coup en moi, durement; ma chatte était toute mouillée, mes seins berçaient devant le miroir. Encore. Oui, encore; plus profondément.

Oui, je voulais.

Encore.

Lorsque j'ai senti sa queue ressortir de moi, je l'ai empoignée de mes mains et, me glissant sous lui, je l'ai portée à ma bouche. Je l'ai sucée, et j'ai goûté à mon jus – je trouvais qu'il avait très bon goût. Il m'a repoussée et il est retourné dans ma chatte, s'enfonçant plus fort, plus vite. Et j'ai senti sa décharge en moi comme une explosion.

Nous sommes tombés l'un et l'autre, épuisés. Ravis. Satisfaits.

Puis nous avons pris une douche tout en nous caressant. Je le regardais dans les yeux; j'allais le sucer une autre fois pour qu'il bande, mais avec l'eau chaude de la douche il a durci aussitôt, sans que j'aie à faire un seul geste. J'ai saisi son sexe entre mes doigts et je l'ai masturbé tout en léchant ses couilles; ma langue a imposé une pression de bas en haut, glissant tout autour de son gland. Puis, doucement, je l'ai enfoncé dans ma bouche et je l'ai mouillé de ma salive. Mes va-et-vient allaient de plus en plus vite.

De mon autre main, je me suis occupée de moi; je me suis masturbée, excitée de le faire devant lui. Et me voyant le faire – je le savais –, il est devenu encore plus excité, sa queue plus dure, plus raide. Mes doigts allaient sur mon clitoris; je le caressais, durement, violemment; je me pénétrais de deux doigts, les enfonçant creux; les faisant aller de plus en plus vite, puis je les ai sortis pour les lécher devant lui, tout en lui faisant un clin d'œil coquin. Et j'ai continué à le sucer, à lui téter la queue. Soudain, j'ai senti sa décharge jusque dans le fond de ma bouche. Je n'ai pas cessé de le regarder dans les yeux, et j'ai avalé tout son sperme.

Je suis sortie de la douche et je me suis rhabillée. Ensuite, je suis rentrée chez moi – j'avais eu ce que je voulais...

En ouvrant la porte de l'appartement, j'ai repensé à cette soirée et j'ai mouillé de nouveau. J'ai pris mon gode, je me suis étendue sur mon lit et j'ai entrepris de le lécher, avec plein d'images en tête. Tout en le suçant, je repensais à cette grosse queue qui s'était enfoncée au fond de ma chatte. J'ai glissé le gode sur mes seins, je l'ai fait tournoyer autour de mes mamelons, sur mes tétons bandés. Puis, je l'ai fait glisser sur mon clitoris – que c'était bon! J'ai cambré les reins en l'enfonçant de plus en plus profondément en moi. De temps en temps, je le ressortais pour le repasser sur mon clitoris et je le remettais en moi. Je l'ai enfoncé encore et encore, jusqu'au tréfonds de mon sexe. Et j'ai joui.

À couler.

À mouiller.

Encore.

– Ginette

MA VISITE

Je frappe, il entrouvre la porte, lentement. Et à ma grande surprise, je le vois vêtu d'une seule serviette éponge blanche, accrochée presque négligemment sur ses hanches. Je m'approche de lui et je l'embrasse délicatement. Mes yeux se promènent de haut en bas lentement, de bas en haut tout aussi lentement. Le morceau de tissu laisse deviner ses formes, ces formes qui m'attirent. Je ne veux perdre aucun instant de ce spectacle magnifique! Il se tient debout, un peu cambré, et me regarde de son œil à la fois enfantin et coquin. Je ne peux m'empêcher de lui caresser le cou, le torse, les hanches et les fesses. Je suis collée à lui, et je sens peu à peu sur mon ventre son sexe grossir. Quel plaisir de sentir que je lui fais du bien! Il ne dit rien, se laisse faire, mais garde son joli sourire aux lèvres.

Mes mains se font de plus en plus lestes, je les promène désormais sur tout son corps et, bien sûr, la serviette tombe à nos pieds, entre nous. Je tâte son sexe, je le serre, je le presse; je joue avec lui. Plus rien ne peut m'arrêter. Je m'agenouille et, la bouche légèrement entrouverte, je me mets à l'embrasser et à le lécher, tandis que ma main saisit son sexe bandé. Mon visage se colle à lui, mes lèvres et ma langue se posent au creux de ses cuisses. Je sens monter son excitation; je sens sa queue frissonner entre mes mains.

Sans plus attendre, j'avale son sexe. L'effet de surprise est total. Je le suce, je le tète; ses mains se posent sur ma tête; il me dirige, m'aide à trouver le rythme. Sa queue se tend, se gonfle; je sens son corps trembler. Puis, alors que ses mains me forcent à l'avaler plus profondément encore, je le sens éjaculer. Le sperme coule au fond de ma gorge comme un nectar délicieux, si délicieux que je ne veux d'ailleurs pas en perdre une goutte.

Je me relève, il me serre dans ses bras.

Ma culotte est toute trempée; même à travers mon jean, je devine qu'il s'en rend compte. Ses mains se promènent sans retenue; je me sens bien, mon corps se cambre. Je me laisse aller. Les boutons de mon jean sautent un à un. Sa main caresse mon sexe par-dessus ma culotte, puis un doigt s'aventure sous l'élastique, autour de ma toison pubienne toute humide, puis il glisse subrepticement le long de ma fente. À chaque passage, il s'enfonce un peu plus profondément. Je le sens en moi. Mon bassin effectue de petits mouvements bien cadencés. Le plaisir monte.

Son autre main vient rejoindre la première. D'un autre doigt, il s'occupe de mon clitoris. Il le serre, le titille. Et à son doigt qui s'enfonce toujours plus loin, je réagis par un mouvement de va-et-vient du bassin. Je suis si excitée qu'un petit cri sort de ma bouche. Je n'en peux plus, je ne peux plus me contenter de ce doigt dans mon sexe. J'en veux plus; il le devine. Il s'en délecte. Il m'en enfonce un deuxième, puis un troisième. Je mouille, je jouis. Je me libère de cette emprise l'espace d'un instant pour l'entraîner sur le lit avec moi. Le jean descendu sur les chevilles, je me laisse aller au plaisir qui m'envahit.

Allongé au-dessus de moi, il promène son sexe le long de ma fente à l'aide de sa main, se frayant un chemin entre mes petites lèvres, faisant mine de l'enfoncer, puis le retirant. Il joue; il sait me faire languir. Soudain, il s'enfonce dans mon sexe. Profondément. C'est bon... Oh! que c'est bon... Ses va-et-vient sont de plus en plus intenses, plus profonds, plus saccadés aussi; ses coups de reins deviennent presque insupportables. Je tremble, mon corps se cambre, tressaille. J'étouffe un cri, puis je ne peux plus me retenir. Entre cris et halètements, je l'encourage à continuer, à me prendre. Plus fort. Plus profondément. Et dans un râle, je jouis, et je sens son sperme se répandre en moi.

Nous nous laissons tomber l'un l'autre sur le lit, le souffle court, le corps secoué de spasmes.

Le temps a passé, vite, très vite.

Je pense déjà à recommencer.

– Élisabeth

JUSTE UN PEU... COUPABLE!

Je m'appelle Aline, j'ai 26 ans. J'ai les cheveux châtains, les yeux noisette et je mesure 1 m 66. J'ai rencontré Mohammed alors que j'étais en vacances chez ma sœur et mon beau-frère, dans les Cantons-de-l'Est. Nous jouions au volley-ball ensemble sur la plage et j'avais remarqué, à l'insistance de son regard, surtout lorsque je retirais mon short et mon t-shirt pour me mettre en maillot pour mieux bronzer, qu'il n'était pas insensible à mes charmes. Je n'ai su que plus tard qu'il avait tout juste 18 ans, car il était grand et musclé et paraissait plus âgé qu'il ne l'était en réalité. Il avait le type nord-africain prononcé, mais d'étonnants yeux bleu azur.

À plusieurs reprises, nous avions joué ensemble, et discuté aussi. Et lorsque les responsables de la plage ont organisé une sangria-partie un soir, nous y avons participé tous les deux. Il m'a naturellement invitée à danser; il dansait bien et, peu à peu, je me suis mise à flirter avec lui. Il faut dire que nous avions bu pas mal de sangria, et j'aimais bien cette façon, à la fois douce et ferme, avec laquelle il me maintenait contre lui; j'aimais bien son odeur aussi, mélange de transpiration et d'eau de toilette masculine.

Peu à peu, j'ai senti qu'il me serrait davantage contre lui; que son torse se pressait contre mes seins, que son ventre frottait contre le mien, que ses mains couraient sur mon dos. Je me sentais bien avec lui ; aussi, lorsqu'il m'a proposé de faire un tour sur la plage, j'ai aussitôt accepté.

Dès que nous nous sommes éloignés du chalet, il s'est fait plus pressant, plus... caressant. Je tentais de le repousser gentiment, tout en le trouvant très attirant. Il m'a alors proposé un bain de minuit, et s'est gentiment moqué de moi lorsque je lui ai dit que je n'avais pas de maillot. Il s'est déshabillé en un tournemain et a couru nu dans l'eau. Piquée au vif, j'ai aussitôt retiré ma robe et ma culotte, et je me suis avancée, nue aussi, vers l'eau. Malgré l'obscurité, je sentais son regard qui scrutait mon corps, mais je n'en ai pas fait grand cas car il m'avait vue en maillot de bain, lequel ne dissimulait vraiment pas grand-chose.

J'ai fait quelques brasses, et je l'ai senti se rapprocher de moi. Ses mains, devenues baladeuses, ont tôt fait d'explorer mon corps. Lorsque je jugeais que ses caresses devenaient trop insistantes, je me détachais de lui et il me laissait m'éloigner, avant de me rattraper en riant... Puis, émergeant de sous l'eau, il est arrivé derrière moi, se collant à mon dos et emprisonnant mes seins de ses mains. Et au moment où j'ai senti son sexe bandé contre mes fesses, un frisson a traversé mon corps. Cela m'a bouleversée. Alors, j'ai décidé de céder. J'ai passé mes bras autour de ses épaules, et nous sommes partis dans un baiser fou. Il embrassait très bien; sa langue pénétrait et s'agitait dans ma bouche. Ma tête tournait; je me sentais tout à coup comme une poupée entre ses bras. Il me tenait d'une main, et faisait courir l'autre sur mes seins, mon ventre, mes cuisses – c'était si bon!

Subitement, je me suis rendu compte que nous avions dérivé vers un bateau ancré dans la baie; il m'a dit qu'il connaissait le propriétaire et que nous pouvions y monter. Je n'étais pas dupe, mais cela ne m'a pas empêchée d'accepter. Aussitôt montée, je me suis blottie contre lui, et ses mains m'ont rendue folle. Il jouait avec mes seins et ma chatte, mais s'en éloignait dès qu'il sentait monter le plaisir en moi. J'ai pris son sexe dans ma main, il était gros et vigoureux. Sans mot dire, nous nous sommes installés tête-bêche;

j'engloutissais son sexe dans ma bouche pendant qu'il me fouillait de sa langue...

J'ai eu deux orgasmes avant qu'il jouisse à son tour, en longs jets très puissants.

Visiblement, c'était un amant attentionné, préoccupé du plaisir de sa partenaire. Malgré l'ivresse de l'alcool et le plaisir qui me montait à la tête, j'ai refusé toute pénétration vaginale ou anale car nous n'avions pas de préservatifs. Nous nous sommes donc caressés comme des collégiens, et il a su me faire jouir plusieurs fois.

Une fois nos corps repus, nous nous sommes blottis l'un contre l'autre et nous avons discuté de choses et d'autres. Lorsqu'il m'a dit qu'il n'avait que 18 ans, je me suis sentie un peu coupable.

Juste un peu...

– Aline

LE PASSAGER DE L'ASCENSEUR

Je l'avais vu et je n'ai rien dit. Je ne le connaissais que peu et je me voyais mal lui demander: «C'est moi qui vous fais cet effet?» Surtout que je m'interroge encore sur le fait que j'ai pu provoquer, en si peu de temps, l'hommage que sous-tendait le renflement à l'entrejambe de son jean. Mais je n'ai pas hésité à vérifier une seconde fois, dans la glace de l'ascenseur, ce que j'avais cru voir du coin de l'œil. Eh bien non, je n'avais pas eu de vision: l'apparition a été brève, mais je suis restée sous l'effet de cette bosse pendant un certain temps. Un voisin, ça a des avantages. Notamment la proximité. «Un bon plan...», que je me disais, me demandant toutefois en même temps comment aller plus loin...

Deux jours après, nous nous croisions à nouveau, et je me sentais beaucoup moins innocente que la fois d'avant. Je guettais, tout en essayant néanmoins de paraître naturelle. Mais difficile de dissimuler l'excitation qui naît – c'est idiot, mais j'étais quand même curieuse de voir ce qui allait se passer... s'il allait se passer quelque chose. Le plus étrange, c'est qu'il ne me plaisait pas outre mesure; ce qui me dopait, en réalité, c'était de penser que je pouvais l'exciter sans même l'avoir cherché. Cela dit, j'avais maintenant envie d'aller un peu plus loin, l'envie mais pas l'audace...

Puis, égarée dans mes pensées, j'ai remarqué que la protubérance était revenue. Je n'ai encore rien fait, rien dit; aucune idée ne me venait à l'esprit. Trois étages en ascenseur, c'est court pour trouver quelque chose d'original à dire... Alors que les portes se refermaient sur lui et que l'ascenseur reprenait son ascension, j'abandonnais tout espoir d'un petit tête-à-tête coquin. Lui sauter dessus avec toutes les bonnes manières que l'on m'a inculquées, c'était difficile – et puis, franchement, l'ascenseur c'est drôlement trop court pour savoir quoi faire et... le faire! Enfin, savoir quoi faire, c'est dans mes cordes, j'ai l'imagination fertile quand je veux, mais le faire en plus, alors là, je suis plus hésitante.

Bien triste, tout ça. Je suis rentrée chez moi, décontenancée.

Au gré de rencontres fortuites, le jeu a continué. Si les fantasmes continuaient de m'habiter l'esprit, il savait très bien, lui aussi, ce qu'il faisait. Mais aucun de nous n'osait dire le premier mot, faire le premier pas et, chaque fois, je finissais chez moi, seule mais rêveuse... Il commençait à drôlement m'exciter.

Et puis hier, alors que je descendais et que lui montait, je l'ai frôlé – volontairement, consciemment. Certes, ce ne fut l'affaire que de quelques secondes, mais il ne pouvait plus avoir de doute sur l'attrait que je ressentais pour lui. Aussitôt, je suis partie. Trop facile, son attitude, j'ai voulu lui rendre la pareille.

Quand je suis rentrée du travail, aujourd'hui, à peine étais-je dans l'ascenseur qu'il s'engouffrait derrière moi. Visiblement, il m'attendait. Lorsque les portes se sont refermées, il m'a plaqué contre le mur, les yeux rivés dans les miens – je sentais son sexe bandé tout contre mon ventre. Pendant trois étages, il n'a pas bougé, pressant son corps sur le mien. Je suis restée là, immobile, avec cette envie d'aller plus loin, au fond de mon ventre.

Au troisième étage, il s'est détaché de moi lorsque les portes se sont ouvertes. Il m'a regardée intensément, en silence. Sans hésiter, je l'ai suivi dans le corridor. Il a ouvert la porte de son appartement, m'a tendu la main et nous sommes entrés chez lui.

Je ne me suis pas intéressée à son appart, je ne me souviens que de ses mains qui me caressaient, de son souffle dans mon cou; de la fraîcheur du mur dans mon dos, du bruit de la porte qui se fermait doucement. Je me souviens aussi de ses mains qui me soulevaient du sol. Je me suis complètement laissée aller entre les mains de cet homme dont je ne connaissais même pas le prénom. Mon corps, lui, répondait présent: mes mains se sont activées d'elles-mêmes sur ce corps que je n'avais pas deviné si musclé. Je sentais de nouveau cette protubérance qui déformait son pantalon et qui m'avait défiée tant de jours durant. J'essayais de prendre l'initiative pour lui retirer ce foutu jean qui me séparait de cet instrument de plaisir.

Ma bouche rivée à la sienne, j'essayais de le lui faire comprendre.

Puis, il m'a laissée faire. Mes mains ont atteint sa braguette et, en moins de deux, son jean se retrouvait par terre. Son gland sortait déjà de son boxer que je m'apprêtais à lui retirer; mes yeux ont alors croisé les siens et je me suis arrêtée quelques instants, le temps de lui demander s'il avait un préservatif sous la main. Il m'a souri, puis il a pris son portefeuille pour en retirer un condom, qu'il m'a tendu. Je le lui ai délicatement enfilé pendant qu'il recommençait ses caresses dans mon cou et sur mes seins. Il m'a de nouveau soulevée et mes jambes sont venues tout naturellement se placer dans son dos, son sexe se logeant dans le mien.

Les mouvements de son bassin m'ont amenée progressivement à la jouissance. Amples et réguliers, puis rapides et brusques. Je sentais ses bourses cogner contre mes cuisses; son engin prenait encore de l'ampleur en moi, et je le sentais aller et venir, alternant les rythmes, marquant des pauses de plus en plus longues, puis reprenant un mouvement effréné. Je sentais l'orgasme venir et, au moment où j'allais exploser, j'ai senti une chaleur irradiante au fond de mon ventre. Il venait de jouir, lui aussi. Pantelante, je tenais les épaules robustes de cet homme qui venait de jouir en moi, et qui me regardait avec un air malicieux et tendre à la fois.

Et au final, la protubérance n'était plus là! Disparue, envolée...

Mais son sourire, lui, restait.

– Sylvie

TABOUS? ALLONS DONC!

TABOUS? ALLONS DONC!

J'étais chez ma meilleure amie, Valérie, à Sherbrooke, où elle fait ses études. Elle avait invité quelques amis chez elle afin de prendre un verre avant d'aller faire la fête dans un bar du coin. Comme j'avais sympathisé avec plusieurs personnes, en arrivant au bar, je me sentais comme avec des amis. Un des copains de Valérie, Denis, est venu me parler. Il était mignon, 1 m 85, bien foutu avec des cheveux châtain clair et de superbes yeux bleus. Je l'avais déjà remarqué chez ma copine, mais à être ainsi près de lui, à lui parler, et probablement parce que j'étais légèrement éméchée, je commençais à avoir envie de lui. Puis la discussion a dérivé sur le sexe…

– C'est curieux, m'a-t-il dit, mais il y a deux grands tabous lorsque l'on parle de sexe, la sodomie et la fellation…

– Moi, j'aime bien sucer un homme, et je ne déteste pas me faire enculer… ai-je répliqué du tac au tac, choisissant volontairement des mots crus.

Il en est resté un peu pantois. Il m'a regardée fixement et m'a dit, hésitant, que sa copine venait de le laisser parce que, justement, elle ne voulait rien faire de ce que je venais de lui avouer.

– On peut aller prendre l'air, lui ai-je répondu, malicieusement. J'ai remarqué un petit parc tout à côté…

Il n'a pas dit non! Nous sommes donc allés dehors, dans le petit parc. Aussitôt que nous avons été à l'abri d'un petit bois, je me suis arrêtée, je l'ai retourné et je l'ai embrassé amoureusement. Puis, je me suis laissée tomber à genoux devant lui où j'ai entrepris illico d'ouvrir son pantalon. J'ai descendu rapidement son caleçon et empoigné littéralement sa queue. Je lui ai léché le gland doucement, puis j'ai avalé sa queue de belle taille, que j'ai sucée consciencieusement. Déjà, je l'entendais gémir. N'en pouvant plus et, surtout, ne voulant pas qu'il éjacule trop rapidement, je me suis relevée, je lui ai tourné le dos et je me suis frottée contre lui en lui disant qu'il fallait qu'il s'active maintenant…

Il a retiré son pantalon, m'a mouillé l'anus de sa salive puis, sans ménagement, il m'a mis un, puis deux doigts dans le cul – ça m'a fait un peu mal, mais, comme j'aime à dire, ce type de douleur fait partie du plaisir. Rapidement, j'ai senti sa queue contre ma rondelle; il n'a pas vraiment eu à forcer car mon cul est habitué à de telles incursions. Puis, d'un coup, il a enfoncé son pénis en moi; j'ai senti une brûlure vive qui m'a fait pousser de petits cris, mais cela ne l'a pas empêché de continuer.

Appuyée contre un arbre, j'ai senti sa queue aller et venir dans mon anus; il sortait sa bite pratiquement en entier, ne laissant que son gland en moi, avant de me pénétrer à nouveau avec une rudesse calculée. À mesure que mon cul se dilatait, il s'activait avec plus d'ardeur. D'une main, il s'est mis à me masturber rapidement. Il m'a fait perdre la tête. Je me suis mise à lui hurler un tas d'obscénités, que j'aimais sa grosse bite, que je voulais sa queue au fond de mon cul, que j'aimais qu'il me prenne comme une chienne, que j'en voulais encore, encore…

Après une dizaine de minutes de ce traitement, sans doute excité par mes encouragements grossiers, il m'a fait mettre à quatre pattes, il a remis sa queue dans mon petit trou béant et s'est activé comme un fou. Il m'a bourré littéralement le cul; l'anus m'en brûlait! J'ai geint de plaisir.

Après quelques minutes, il s'est retiré de mon cul et il a présenté sa queue à ma bouche en se branlant activement. J'ai ouvert la bouche et avalé son gland, pendant qu'il continuait à se masturber et que ma main caressait ma chatte avec frénésie. Il n'a pas tardé à éjaculer; au moment où il explosait en grandes giclées sur mon visage et dans ma bouche, je sentais l'orgasme déferler en moi.

Nous nous sommes écroulés tous les deux sur le sol, trempés de sueur, le souffle court. Il nous a fallu quelques minutes pour récupérer. Puis, sans mot dire, nous nous sommes rhabillés et nous sommes retournés vers nos copains.

– Isabelle

QUAND LE FILM EST TRISTE...

J'adore nos petites soirées télé tranquilles, quand je suis plongée dans un film qui ne l'intéresse pas – je n'irais pas jusqu'à dire que je fais exprès de regarder des navets, mais disons que si c'en est un, je ne change pas nécessairement de poste.

Dans ces moments-là, donc, le rituel est quasi toujours le même.

Il commence par me caresser lentement le bras, remonte vers ma nuque, descend vers mes seins, en caresse un, puis l'autre, revient au premier, le pétrit tendrement, descend vers mon ventre. Il en profite pour se rapprocher et pour m'embrasser.

J'adore me laisser faire.

Je le regarde qui essaie malaisément de me retirer mon chemisier, alors je décide de l'aider. Je me lève et je détache lentement les boutons un à un en regardant mon amoureux droit dans les yeux. Le bouton du haut, le bouton du bas, haut, bas... Arrivée au dernier, je passe ma langue sur mes lèvres pour l'agacer un peu plus. Je vais pour retirer mes lunettes, mais d'un signe de tête, il me dit que non, qu'il préfère quand je les garde. Je vais m'asseoir à califourchon sur lui et je le laisse continuer ce qu'il a commencé.

Ses lèvres commencent alors par papillonner dans mon cou, puis ils descendent lentement sur mes seins, dont ils aspirent goulûment les tétons – oh oui, c'est bon... Mon amoureux glisse une main derrière moi et me caresse le dos, tandis que de l'autre, il me masse doucement les seins. Moi, je passe mes mains sur son torse musclé, sentant ses muscles se contracter sous mes doigts et n'attendant qu'une chose, pouvoir toucher «l'objet» de tous mes désirs...

Je glisse mes fesses le long de ses jambes, j'en profite pour frotter mon sexe sur ses genoux, et je me retrouve agenouillée devant lui. J'ai maintenant le visage et les mains à bonne hauteur; je caresse son sexe à travers son pantalon, je le sens se durcir de plus en plus – oui, j'ai envie de le voir, que sa virilité m'explose à la figure. Je défais le bouton de son pantalon, je descends la fermeture éclair et je passe ma main entre son pantalon et son slip. Je sens sa queue de plus en plus près: plus qu'un mince tissu à franchir et elle sera à moi. Je retire son pantalon, en profitant au passage pour caresser ses cuisses, ses mollets, ses pieds – que c'est agréable de toucher un homme bien musclé! –, ses muscles réagissent au moindre effleurement de mes mains...

– OK, me souffle-t-il, laisse-moi m'occuper de toi; tu reprendras après...

Heureux programme en vue!

Il me soulève et m'allonge sur le canapé; il remonte mes bras au-dessus de ma tête, les caresse du bout des doigts, continue sa descente vers ma taille et enlève d'un seul coup mon short. Il remonte vers moi en embrassant mes jambes, s'arrête au niveau de mon string; il me regarde, fixe mon entrecuisse, me regarde à nouveau. De mes yeux, je le supplie, mais... non, il a décidé de me faire languir encore un peu. Il revient alors vers moi et m'embrasse passionnément pendant que ses mains s'occupent de mes seins. Puis il se lève brusquement et me laisse en plan, comme ça, sans rien dire. Je le vois se diriger vers la cuisine...

– Qu'est-ce que tu fais?

– T'occupe pas de moi, je vais chercher quelque chose qui va me permettre de te goûter encore plus...

Je me demande ce qu'il a derrière la tête quand je le vois revenir, les mains dans le dos.

– Ferme les yeux, me dit-il.

– Mais... pourquoi?

– Ferme les yeux, chérie, c'est une surprise...

Je m'exécute. Et je sens tout à coup quelque chose couler sur mes seins et dégouliner sur mon ventre. Je me demande ce que ça peut bien être jusqu'à ce que l'odeur arrive à mon nez: du chocolat liquide. Pour moi qui adore le chocolat, c'est l'extase de me voir en être couverte et d'en sentir le parfum!

Je perds pied quand je le sens qui me lèche en entier, qui me mordille par endroits et me donne ses doigts dégoulinants de chocolat à lécher; il me lèche jusqu'à ce qu'il n'en reste pas une trace sur mon corps. Il en profite alors pour arracher mon string avec ses dents. Je vois ses yeux briller de désir quand il voit mon sexe bien épilé, comme je sais qu'il adore. Sa bouche fond sur ma chatte et la dévore; il passe sa langue le long de ma fente, titille un peu mon clitoris, puis sa langue s'enfonce entre mes lèvres, en fouille tous les recoins, puis aspire mon clitoris tendu comme une petite bite tellement c'est bon.

Et d'un coup, sans que je m'y attende, il enfonce deux doigts dans ma chatte – oh! que c'est bon, que c'est bon... Ses doigts vont et viennent dans ma chatte, s'enfoncent de plus en plus profondément, sans qu'il cesse pour autant de jouer avec mon clitoris – oui... oui... je crois que... oui... je jouis une première fois.

Il tente de continuer, mais je l'oblige à arrêter: je veux sa queue au fond de moi, je le lui dis.

Il remonte alors entre mes jambes et, tout en m'embrassant, il enfonce d'un coup sa bite dans ma chatte – oh! que c'est bon... que j'aime sentir sa queue me remplir! Il reste immobile, bien enfoncé dans mon sexe, pendant quelques instants, puis il commence à aller et venir, d'abord lentement, puis de plus en plus vite, de plus en plus fort. J'en profite pour lui caresser le dos, pour descendre mes mains un peu plus bas et lui caresser l'anus, avant de revenir vers mon sexe pour mouiller mon doigt de mon jus – oh oui... – et lorsque je sens qu'il est bien trempé, je l'enfonce d'un coup, d'un seul, dans le petit trou de mon chéri – il s'agite, me prend avec vigueur. Puis il se retire de moi, et recommence à me lécher, à me sucer. J'ai l'impression que je vais exploser...

Quand il sent que je n'en peux plus, il me remet un coup de sa bite bien tendue; il me retourne et me fait prendre appui sur le haut du canapé afin de me prendre par-derrière. Il en profite pour me malaxer les fesses et pour mettre un doigt dans mon petit trou – oh oui... que j'adore ça, sentir sa queue dans ma chatte et son doigt dans mon cul... Il me prend sans ménagement, triturant en même temps mon clitoris, le pinçant, le faisant rouler entre ses doigts...

– Oh oui... Oui... Oui, mon amour, je vais jouir. Plus fort... Oui, défonce-moi... Oui... je viens...

Et nous jouissons tous les deux au même instant. Ouf! ça va être difficile de retrouver la trame du film...

– Catherine

SEX-SHOP INSPIRATION

Je m'appelle Chantal, j'ai trente ans; je suis mariée avec l'homme de ma vie, lui aussi âgé de trente ans. Notre rencontre a été un vrai coup de foudre, à tous points de vue. Depuis que je suis avec Claude, j'ai pris conscience de pas mal de choses, particulièrement le fait que je suis bisexuelle.

Je raconte. Avant de me connaître, mon mari avait l'habitude d'acheter des magazines dans lesquels on pouvait lire différentes expériences sexuelles; après notre rencontre, c'est moi qui l'ai incité à poursuivre. Un soir, il me lança un défi, me disant que j'étais trop froussarde pour aller dans un sex-shop nous acheter ce genre de magazine. Mais allons donc! Moi, froussarde? Le vendredi suivant, donc, nous nous fixâmes rendez-vous après le travail à proximité d'un sex-shop que nous avions déjà remarqué.

J'avoue qu'une fois arrivée devant la boutique je n'étais pas très hardie... mais, bon! Je n'étais pas pour renoncer...

Une fois à l'intérieur, je me dirigeai aussitôt vers le vendeur et lui demandai de voir certains accessoires, parmi lesquels j'en choisis quelques-uns, puis je feuilletai et choisis aussi quelques magazines! Claude régla le montant de l'achat, sous l'œil malicieux du vendeur. Je ressortis donc avec un godemiché translucide, un vibrateur et une paire de menottes. Mais tout cela n'était somme toute que prétexte, et une fois à la maison, nous gagnâmes aussitôt la chambre pour essayer nos nouveaux jouets et lire les récits érotiques.

Claude m'allongea gentiment sur le dos, puis il me demanda de commencer à lire une aventure. À peine avais-je commencé que je sentis sa bouche descendre le long de mon ventre, tout doucement, posant ses lèvres ici et là, me suçotant le bout des seins – j'avoue que j'avais peine à suivre les lignes du magazine... Je sentis sa langue glisser sur mon ventre et s'arrêter sur mon mont de Vénus tout épilé... Et il se mit à me lécher posément, pour m'exciter, mais aussi pour que je lui en demande plus. Sa bouche se fit plus insistante. Je commençais à être bien mouillée – une douce chaleur envahit mon entrejambe. J'écartai un peu plus les cuisses, pour qu'il sente que j'appréciais ce qu'il me faisait, sa langue parcourant mes lèvres, de haut en bas, puis de bas en haut, tout doucement. J'adorais cette douce torture qu'il m'imposait, mais j'avais envie de plus. Je poussai mon bassin à la rencontre de sa bouche pour qu'il sente combien j'appréciais ses lèvres, sa langue, mais il se retira légèrement pour me taquiner.

J'avais envie de m'arrêter de lire, de prendre sa tête et de la forcer contre ma chatte, pour qu'il me bouffe à fond et s'abreuve à ma mouille, mais je ne pouvais pas, je devais lire cette histoire. Et c'est vrai qu'elle m'excitait aussi, celle-là: «Les deux filles se découvrent – j'adorais ça, ça m'excitait terriblement –, se lèchent et se font un extraordinaire 69; leurs langues explorent, fouillent; leurs doigts glissent...» Je n'en pouvais plus, j'avais envie de le supplier de me prendre, mais je me retenais car ce qu'il me faisait m'excitait aussi terriblement. Ma chatte était une vraie fontaine.

C'est alors qu'il se saisit du vibrateur que l'on venait d'acheter, posé sur la table de nuit. Il le mit en route, s'approcha de moi et le fit glisser sur ma bouche, mes lèvres. Je le léchai goulûment comme si c'était son membre. Celui-ci était d'ailleurs raide comme je l'avais rarement vu; j'avais bien envie de le sucer aussi. J'essayai de glisser le long de son corps pour en approcher ma bouche et l'y engloutir, mais Claude vit mon manège et m'obligea à remonter.

– Non... non, mon amour! Si tu t'arrêtes de lire, j'arrête de m'occuper de toi...

– S'il te plaît, rien qu'un tout petit peu... Pour avoir ton goût dans ma bouche...

– Non... Lis, et laisse-moi bien m'occuper de toi... Raconte-moi la suite...

Je poursuivis donc mon récit. «Les deux filles changent de position et, cette fois-ci, se chevauchent, frottant leurs chattes et leurs seins les uns contre les autres.»

Claude avait plongé sa tête entre mes cuisses et me caressait maintenant le clitoris avec le vibrateur – quel délice! Je sentais que s'il continuait de cette façon, je ne tarderais pas à jouir...

Il me lécha et me suça tout doucement, puis il s'arrêta quelques instants, pour recommencer sa «torture»; sa langue fouillait entre mes lèvres pendant que ses doigts tournoyaient autour de mon petit bouton. Il avait trouvé le bon rythme; je sentis mon clitoris durcir encore et j'eus envie de jouir. Je commençai à onduler des hanches, à forcer mon sexe contre sa main, mais il s'interrompit aussitôt. J'avais maintenant du mal à lire, je sautais des lignes, je fermais les yeux, mais je me sentais obligée de poursuivre car j'avais le sentiment qu'il allait s'arrêter si je ne continuais pas ma lecture...

Il joua à un jeu que j'adorais, il savait que ça m'excitait terriblement de lire à haute voix pendant qu'il me léchait et me suçait la chatte, et comme je devais demeurer concentrée sur l'histoire, le plaisir dura plus longtemps...

J'ondulais comme une folle et, cette fois, Claude se fit plus insistant, ses gestes étaient plus appuyés; je sentais que lui aussi était terriblement excité. Il me dévorait littéralement. Le rythme qu'il m'imposait me fit craquer, et... l'histoire aussi – «Les deux filles n'arrêtent pas de se chevaucher avec de plus en plus d'intensité...»

Tout se mélangeait dans ma tête, Claude, les filles... je ne savais plus ce que je voyais, ce que je sentais, ce que je vivais; les langues se confondaient, les doigts couraient partout. De ma main libre, j'appuyai la sienne sur mon clitoris et lui imposai le mouvement, tandis que sa langue fourrageait toujours sur et dans ma chatte. Je n'en pouvais plus, je sentais que j'allais exploser... Oh! oui... oui...

Je me cambrai, me tendis comme la corde d'un arc; la jouissance était tellement forte que j'avais l'impression que le temps s'était arrêté. Je n'arrivais plus à respirer. Et, d'un coup, Claude se releva et s'enfonça durement en moi d'un seul coup – j'étais si mouillée qu'il n'eut aucune peine –, je pris mon pied comme jamais. Je me mis à onduler, à bouger à son rythme, j'accrochai mes jambes à ses reins. Il n'en pouvait plus, lui non plus; me lécher n'avait fait que faire monter son plaisir et il voulait maintenant me sentir, s'enfoncer au plus profond de moi. Je sentais que lui aussi n'allait pas tarder à jouir. Je contractai les muscles de mon sexe pour le serrer plus fort encore en moi, contre moi... et alors, je l'entendis gémir... Je le sentis jouir si fort que cela fit monter en moi un deuxième orgasme...

Nous basculâmes sur le côté et je restai lovée tout contre lui, apaisée; nous nous donnâmes plein de baisers légers pour nous remercier l'un l'autre de ce moment de pur bonheur.

– Chantal

LE BAIN VOLUPTUEUX

Je ne me suis pas réellement rendu compte que je m'étais endormie. Je m'étais allongée sous la couette, juste pour quelques instants, mais bien vite, la fraîcheur des draps, le moelleux des oreillers et la chaleur de l'édredon ont su assoupir ma conscience. C'est si bon de se sentir «partir», la respiration lente et régulière, les membres détendus, de plus en plus lourds. Mais voilà! J'avais tant de choses à faire que je ne pus m'empêcher de me culpabiliser de cette sieste inattendue, même si je me sentais reposée et sereine. Je décidai quand même de prolonger ce moment de bien-être par un bain chaud.

Alors que l'eau coulait, je versai une poignée de sels marins, à la vertu relaxante paraît-il. La baignoire remplie, je me glissai doucement dans l'eau, puis je fermai les yeux. Quand je réalisai à travers mes paupières closes que la lumière s'était éteinte brusquement, je les rouvris et le vis alors qui entrait dans la salle de bain, sourire aux lèvres, une bougie à la main qu'il posa sur le rebord de la fenêtre.

Je lui rendis son sourire, espérant qu'il allait me rejoindre. Il se déshabilla avec hâte, puis entra dans la baignoire, tous deux essayant alors de trouver une position confortable. Face à face, les jambes entrecroisées, je le regardais, le visage détendu, éclairé par la douce lumière de la bougie. Il ferma les yeux, ayant l'air d'apprécier mon bain improvisé... Ces souvenirs sont encore si présents...

Je sens son orteil sur mon sein! Doucement, j'approche ma bouche et je caresse ce doigt de pied de ma langue. Ses yeux restent fermés, mais je ressens un sursaut de sa part, presque imperceptible. Il ne bouge plus, il me laisse faire. Tant mieux, car je suis bien décidée à croquer cet orteil... pour commencer. Je joue avec, le mordille doucement, puis le cajole de ma langue. Mes envies deviennent de plus en plus inavouables. Je m'attaque désormais à lui comme un ogre à son repas. Toute ma bouche participe à cette caresse; mes lèvres avides, parfois contractées autour de ce petit bout de chair, ma langue toujours plus vive, ma salive abondante, mes dents voraces. Cet orteil devient un petit sexe bandant que je suce, lèche, dévore avec gourmandise.

Il feint de somnoler, mais son sexe, le vrai, je ne peux le quitter des yeux depuis tout à l'heure, depuis qu'il a trahi sa réceptivité à chacun de mes gestes. J'apprécie ce gland émergeant peu à peu de la surface de l'eau. Je décide alors d'abandonner cet adorable orteil au profit de cette masse de chair qui me fait frissonner d'avance. Je ressens ses désirs, je les éprouve en même temps que lui, je les fais miens.

Mes mains plongent dans l'eau pour attraper la base de son sexe; elles parcourent lentement la hampe, tout doucement. Il relève doucement son bassin. Je m'attaque à sa queue comme tout à l'heure à son orteil, mais avec plus d'intensité, plus d'érotisme aussi. Cette fois, c'est ma bouche qui devient sexe, aussi chaude et humide que ma chatte. Ma seule volonté est de le rendre fou, de savoir que son plaisir ne dépend que de moi.

Je le sais totalement soumis à cet instant, mais j'ai pourtant l'étrange impression d'être son objet – curieux rapport de forces! Mais l'important est de savoir que l'autre s'abandonne, totalement... Je ne néglige pas non plus ses testicules, tantôt caressés avec douceur ou intensité, tantôt soupesés, pressés et roulés entre mon pouce et mon index. Je caresse sa queue du bout des doigts ou à pleine main, avec délicatesse ou avec plus de rudesse. Je joue avec ses émotions et je sens qu'il aime ce que je fais. Le rythme que j'impose est de plus en plus rapide, les va-et-vient plus lascifs, mais je prends soin de le désorienter à chaque instant. Son sexe gonfle toujours plus, la pression monte, le désir d'atteindre l'orgasme est plus présent, enivrant et obnubilant. Il fait des efforts pour repousser encore quelques instants le point de non-retour, et savoure cette montée progressive d'excitation, de trouble et... d'abandon. Tout se mélange dans sa tête et dans la mienne; l'ivresse des sens, le plaisir de la chair, les vapeurs d'eau chaude et le clapotis plus rapide de l'eau contre l'émail.

Je deviens folle; il devient fou.

Mes mains et ma bouche poursuivent de concert leur étreinte avec frénésie. Je ne veux que son plaisir, je veux le posséder comme jamais. Il ne tient plus, le moment est venu pour moi de récolter sa sève. À partir de là, tout va très vite: tourbillon de délices, résignation de l'esprit et des instincts, besoin extrême de jouir... Je sens son sexe se contracter dans ma bouche, puis une première giclée de sperme contre mes muqueuses. Il est brûlant. Je garde cette semence quelques instants dans ma bouche, avant de l'avaler avec délice. Au même instant, je le retire de ma bouche pour le voir terminer son éjaculation sur ma peau, sur mon visage, sur mes seins...

Vertiges...

Son corps est secoué de spasmes intenses, mais qui s'atténuent en même temps que le rythme de sa respiration. Je le regarde avec enivrement. Il me sourit, l'air gêné, mais ravi. Je m'allonge sur lui, mon dos contre son torse, ses jambes croisées sur les miennes, il me prend dans ses bras. Et nous restons en silence dans l'eau tiédie du bain pendant quelques instants, le temps de reprendre nos esprits...

– Micheline

L'INATTENDU

Pendant que tu es occupé à feuilleter distraitement un magazine, une envie soudaine de faire l'amour me chatouille le ventre. Je m'approche tranquillement de toi, sans que tu me voies, retirant un de tes vêtements à chacun de mes pas. Inconscient de ce que je fais, tu ne t'occupes toujours pas de moi.

Une fois derrière toi, je me mets à te masser les épaules et je m'aperçois que tu apprécies cette attention, mais tu ne te retournes toujours pas, alors je décide de te bander les yeux. Tu es surpris de cette initiative de ma part, mais, étrangement, et pour une fois, dirais-je, tu me laisses faire. Je te souffle des mots doux à l'oreille, je t'embrasse dans le cou, je te donne la chair de poule; je te retire ton t-shirt et continue à embrasser tes épaules, alors que mes mains caressent tes bras, ta poitrine, ton ventre, avant de revenir sur ton cou où mes lèvres les rejoignent pour l'embrasser furtivement. Puis mes lèvres batifolent sur ton visage, ton front, tes joues, tes lèvres.

Je m'assieds alors sur toi et je te chevauche pour un baiser passionné où nos langues se mêlent. Tu caresses mes jambes, remontes le long de mes cuisses – tu réalises alors que je suis nue – et tu arrives à la hauteur de ma chatte, brûlante de désir, humide. Mes lèvres délaissent ton cou, et je m'agenouille devant toi. Je descends posément ton pantalon en embrassant tes jambes – tu deviens impatient, tu enlèves ton slip d'un geste brusque, laissant apparaître ton sexe dressé. Je me penche sur lui, le prends dans ma main et le caresse doucement, puis j'en approche mes lèvres et je l'embrasse. Ma langue tourne autour de ton gland pendant que mes mains pétrissent doucement tes testicules, que mes lèvres rejoignent bientôt pour sucer avec avidité. Je reviens ensuite à ton sexe, que je prends dans ma bouche pour entamer mes va-et-vient. Ton bassin marque le rythme qui se fait de plus en plus pressant – tes mains sur ma tête, dans mes cheveux, me disent quoi faire.

Je sens ton corps exalté, tes sens en éveil; tu voudrais que je te retire ton bandeau, tu voudrais voir, mais... non, chéri, pas tout de suite. Je veux encore goûter ton sexe bandé, je veux encore sentir ton ventre se presser contre ma bouche. Je veux que tu aies du plaisir comme tu n'en as jamais eu.

Je décide de t'emmener dans notre lit, et je t'y guide aussitôt. À peine t'ai-je obligé à t'allonger sur le dos que je m'allonge entre tes jambes et que ma langue se met à parcourir ton corps avec appétit. Je te conduis vers le plaisir, mais je n'en ai pas moins des frissons de plus en plus incontrôlables. Il faut d'ailleurs peu de temps pour que je ne me contrôle plus... Je prends tes mains, les pose sur mes seins que tu commences à pétrir et à lécher avidement – oui, tu as envie de moi, je le sens, et moi aussi j'ai envie de te sentir en moi. Alors, je m'agenouille sur toi, me saisis de ta queue que je guide à l'entrée de mon sexe. Et je m'enfonce sur elle dans un soupir.

Les yeux toujours bandés, allongé sur le lit, sous moi, tu me laisses l'initiative. C'est moi qui te fais l'amour, qui t'impose le rythme du va-et-vient. Oui, je sais, tu le voudrais plus pressant, plus rapide, et... tu me glisses tout doucement à l'oreille que nous allons jouir ensemble. Je cède, et te retirant ton bandeau, je te laisse faire. M'empoignant à la taille, tu me soulèves et me redescends fermement sur ta queue, alors que chaque fois que tu t'apprêtes à me pénétrer, tu pousses ton ventre contre moi. Je tressaille, et il suffit de quelques mouvements pour que nous explosions tous les deux ensemble.

– Brigitte

BONNE NUIT

Je sors de la douche. Mon corps ruisselle d'eau et sent bon le lilas. Je me sens bien, je me sens belle. Je m'arrête d'ailleurs en face du miroir de la salle de bains pour regarder mon reflet dans la glace; j'ai l'impression de voir une femme que je ne connais pas, une femme belle, rayonnante, sûre d'elle-même.

Malgré la douche fraîche que j'ai prise, mon corps est envahi d'une douce chaleur et je sens mon désir sourdre doucement entre mes jambes. Toujours en me regardant, pour ne pas dire, en toute honnêteté, en savourant chaque seconde de la vision que j'ai de mon corps, je glisse doucement la main sur ma vulve afin de câliner cette moiteur amoureuse. Je la laisse là quelques instants, le temps de m'imprégner de son odeur, de son goût, puis je la porte à mon nez pour respirer son doux parfum et la conduis ensuite à mes lèvres pour goûter mon plaisir. C'est doux, chaud et bon, et ça me rappelle la nuit passée à tes côtés, cette nuit où tu as fait de moi une femme.

Toujours en pensant à toi qui dors dans la pièce d'à côté, je remets ma main entre mes cuisses en frôlant doucement mon clitoris et je me mets à le caresser en imaginant que c'est ta main qui est là où est la mienne. Une bouffée de plaisir m'envahit. Je ne peux plus attendre de sentir ton corps près de moi, en moi.

Je retourne vers la chambre où tu es couché et où tu dors paisiblement. Tu es allongé sur le ventre, ton corps dénudé m'appelle, attise mon désir. Je grimpe sur le lit tout doucement pour ne pas te réveiller tout de suite, je m'installe à califourchon sur tes fesses et je commence à te masser le dos tout doucement. En fait, je t'effleure à peine et je prends plaisir à voir les petits frissons que te laissent mes caresses. Tu dors toujours malgré mes mains qui parcourent ton corps.

Mes caresses commencent à s'intensifier et je laisse sur ton dos mille petits feux de ma bouche chaude et amoureuse. Je t'entends gémir furtivement. Je continue ma pluie de baisers, je poursuis l'exploration de ton corps avec mes mains, m'attardant maintenant plus particulièrement sur tes fesses, pleines, rondes que j'aime tant effleurer, caresser, pétrir, embrasser, lécher. Je les couvre à présent de doux baisers et, de ma langue, je laisse des sillons de feu qui commencent à t'embraser. Je sens que tu te raidis un peu, ta respiration devient aussi un peu plus spasmodique. La réponse de ton corps m'inspirant mille caresses, mille touchers, je m'enhardis. Ma langue trace de petits cercles sur chacune de tes fesses, puis descend lentement entre elles, alors que je les écarte doucement de mes mains. Mon désir grandit et je sens que tu deviens de plus en plus excité.

Ma langue se fait plus précise. Elle se met à titiller doucement ton anus. Je sens un mouvement de surprise de ta part, tu émerges du sommeil et tu tournes ta tête vers moi, les yeux remplis d'étonnement et d'excitation. Je m'avance légèrement vers tes lèvres, j'y dépose un léger baiser et je te dis de me laisser faire.

Tu te laisses retomber sur le lit dans ta position initiale, et je reprends mon manège; je poursuis mon exploration, goûtant et sondant avec délice ton entre-fesses. Ma langue s'insinue délicatement dans ton cul, et comme elle provoque chez toi un grognement de plaisir, je décide de poursuivre ma douce et lente torture. Ma langue devient insatiable; je la fais entrer et sortir sans arrêt. Tu me supplies de mettre un terme à cette torture, mais j'ai le goût de poursuivre ce petit jeu...

Ta position m'empêche d'aller plus loin. Je te prends donc par la taille et, doucement, je t'oblige à te relever et à te mettre à quatre pattes, la tête reposant sur l'oreiller. Ton corps est maintenant couvert d'une fine sueur que je lèche suavement en revenant vers ton anus, qui est maintenant offert pour recevoir toutes mes caresses. Je vois ton désir grandir, mais je veux encore te torturer un peu, histoire de me venger de toutes ces douces tortures que tu m'as fait subir la nuit dernière.

Ma langue reprend donc sa route mais, cette fois, pour pénétrer ton anus plus profondément – il se dilate au fur et à mesure que ma langue progresse. En même temps, j'ai recommencé à te caresser doucement les fesses sur lesquelles, délaissant parfois l'objet de mon exploration linguale, je pose de doux baisers. Mais je reviens inlassablement à ton anus. J'hésite un instant, me demandant si tu vas apprécier ma hardiesse, puis, doucement, j'y insère un doigt. Je te sens raidir sous la surprise. Je retire mon doigt, imaginant que tu n'aimes pas ça, mais je t'entends balbutier de vagues mots d'encouragement... Je recommence donc à insérer mon index dans ton anus, que je sens se dilater au fur et à mesure de ma pénétration.

Au même instant, j'avance mon autre main vers ton pénis, que je mets à caresser aussi doucement que lentement; ainsi, pendant que mon doigt prisonnier de ton anus s'agite amoureusement en de petits gestes circulaires qui te procurent mille sensations, mon autre main s'active toujours à caresser ton pénis en érection. Et ma bouche, elle, continue de déposer des baisers sur tes fesses.

Je retire à nouveau mon doigt de ton cul, provoquant une protestation de ta part, mais mon autre main continue de te masturber, mais ce n'est que pour mieux insérer deux doigts en toi.

Maintenant, tu halètes, tu gémis doucement, et je sens que tu ne pourras plus te contrôler encore très longtemps. Et tandis que mes doigts ne cessent de te travailler, je te dis de te retenir encore un peu.

Sentant que cette fois-ci plus rien ne peut te contenir, devinant que tu n'es plus qu'à quelques secondes d'éjaculer, je retire mes doigts de ton petit trou, et je me glisse entre tes jambes pour accueillir ton pénis dans ma bouche, avant d'avaler goulûment ta semence. À mesure que tu éjacules dans ma bouche, je sens l'orgasme sourdre en moi, tant et si bien que j'explose de plaisir à mon tour.

Tu te roules sur le dos et me regardes dans les yeux avec amour, avec tendresse. Moi aussi, je suis heureuse. Et combien satisfaite...

– Louison

ELLE ET «L'AUTRE»

CIEL! MON MARI!

La situation était d'un érotisme torride.

J'étais là, allongée sur le tapis, les seins à l'air, la jupe remontée sur le ventre, avec les cuisses toutes grandes ouvertes et le visage plein de sperme. Devant moi, un presque inconnu, le sexe à l'air encore tout poisseux. Et dire qu'à peine une heure avant, je lui serrais la main et le vouvoyais. C'était fou! Je sentais que lui aussi n'en revenait pas...

Il m'a tendu la main pour me relever et m'a embrassée même si j'avais encore du sperme sur les lèvres. C'était osé au possible. Il me palpait les fesses ou, plutôt, il les pétrissait en se serrant contre moi; je sentais son sexe reprendre de la vigueur et je ne pus m'empêcher d'y porter ma main pour recommencer à le caresser. Sa langue violait ma bouche, je le sentais prêt à recommencer. On ne se parlait pas beaucoup; il se contentait de répéter: «Oh, ma salope, c'est bon...», et ça ne faisait que m'exciter davantage...

Il passa derrière moi, se plaqua contre mon dos et je sentis sa queue dressée entre mes fesses; il m'embrassait le cou, le lobe des oreilles et avait pris mes seins dans ses mains. J'avais l'impression d'être une pâte en train d'être modelée. Il s'appuya si fort contre mon dos que je perdis l'équilibre et dus me tenir contre le dossier du canapé, complètement pliée en deux. Sa fureur ne semblait n'avoir plus de bornes. Il prit ma jupe et la remonta sur mon dos;

son autre main quitta mes seins et se mit à me masturber. Je n'avais pas besoin de ça pour mouiller car j'étais trempée depuis bien longtemps.

J'attendais l'assaut final. Il fut violent. Il m'empoigna par les hanches, et s'enfonça en moi d'un seul coup; il me pénétra à fond, puis se mit à me pistonner à un rythme d'enfer. C'était incroyablement bon. Et moi qui ne faisais l'amour que dans la position du missionnaire avec mon mari! J'aimais cette violence qui me faisait jouir. Je lui commandais: «Plus fort! Plus vite! Plus profond!» Cela a duré un temps incroyablement long. C'était du délire.

À bout de souffle, il m'a retournée, m'a fait asseoir face à lui, m'a levé le visage et s'est masturbé devant ma bouche.

– Ouvre très grand ta bouche, me dit-il, je veux me voir gicler dedans...

C'était fou, c'était obscène, mais je ne lui ai pas moins obéi, avide de recevoir ce sperme. Le premier jet est arrivé tout droit au fond de ma gorge, les suivants ont maculé mon visage, mes lèvres et mes lunettes qu'il semblait se donner un plaisir de viser. J'en avais partout et j'avais du mal à déglutir aussi vite qu'il jouissait. J'étais comme folle! J'en voulais encore et je me suis mise à le branler encore plus fort, avant d'engloutir son sexe avec avidité pour en tirer toute cette sève épaisse que je détestais il y a une heure encore. Il se branlait littéralement dans ma bouche; il se saisit de ma tête pour s'enfoncer encore plus profond dans ma gorge. Je sentais ses jambes flageoler de plaisir. Il ne s'est retiré que quand son sexe fut redevenu flasque.

C'est alors que j'entendis du bruit. «Ciel! comme disent les amantes surprises dans des positions inconvenantes, mon mari...»

– Nicole

«SACRÉE AFFAIRE»!

Il y a quelques années, alors que j'avais un peu plus de 19 ans et que j'étais mariée depuis environ trois mois, mon mari devait dîner avec un client dans un restaurant du centre-ville qui me tentait depuis longtemps. Ce n'est toutefois qu'après maintes supplications, et après en avoir parlé avec son client, un prénommé Robert, que mon mari accepta que je l'accompagne.

Une petite heure de préparation et j'étais fin prête lorsque le fameux Robert en question sonna à la porte d'entrée. Mon mari fit les présentations et nous partîmes aussitôt pour le restaurant. Tout le repas ne fut que des discussions d'affaires, sauf au moment du dessert où la conversation, une fois leurs affaires réglées, s'orienta sur les amours tumultueuses de notre invité, par ailleurs très jeune et très beau garçon. Au cours de cette conversation, qui tenait plus d'une narration puisque Robert était le seul à évoquer ses prouesses, une phrase, plus coquine que les autres, me frappa: «Cette fille s'était complètement rasé la chatte; en général, les femmes qui font cela sont des sacrées affaires au lit.» Puis, il nous raconta en détail ce qu'ils avaient fait tous les deux. Nous retombâmes ensuite dans les banalités de circonstance jusqu'au moment où Robert prit congé de nous.

Le lendemain, en fin de matinée, mon mari me téléphona pour m'avertir que Robert passerait vers les quatorze heures chercher un dossier qu'il avait oublié sur le bureau; par conséquent, me disait-il, si j'avais à sortir, je ne devais pas verrouiller la porte arrière de la maison car Robert avait un besoin urgent de ces papiers et qu'il entrerait les prendre.

Sa petite phrase de la veille me revint aussitôt à l'esprit. Puisque les «bonnes affaires» se rasent le sexe, je vais lui montrer que mon Jacques a ce qu'il faut à la maison... Mon plan était simple, j'allais m'allonger toute nue au bord de la piscine, les jambes bien écartées, un livre sur le visage, faisant mine de sommeiller; Robert devait sonner, puis, voyant qu'il n'y avait pas de réponse, entrer dans la cour, me regarder, entrer dans la maison pour prendre son dossier et repartir, non sans m'avoir sans doute examinée encore un peu. Simple comme bonjour, cela devait marcher!

Peu avant quatorze heures, j'étais prête, la chatte entièrement rasée; allongée sur le transat au bord de l'eau, j'attendais. Une sonnerie, puis une deuxième et enfin la porte de la cour s'ouvrit. J'entendis des pas dans l'allée, puis plus rien. Quelques secondes passèrent et un petit toussotement forcé me parvint. Grosse montée d'adrénaline, car j'étais sûre qu'il me toisait! Je m'y replonge comme si c'était là, ici, maintenant...

Bien allongée sur le dos, les jambes de chaque côté de la chaise longue, il doit avoir une superbe vue sur ma vulve. Comme je ne réagis pas, il entre dans la maison, puis ressort. Mais plutôt que de partir, il s'approche de moi – sous le livre, les yeux mi-clos, je ne vois que ses pieds. Un moment après, pantalon et slip tombent sur le sol. Comment vais-je me sortir de là? Il se met à genoux au pied de la chaise longue, penche sa tête en avant entre mes cuisses, puis sa langue glisse entièrement dans ma chatte. J'ai un petit moment d'hésitation, puis je me relève brusquement.

– Ça ne va pas, non? lui dis-je.

Et lui de me rétorquer sans un instant d'hésitation:

– Ne me prends pas pour un con, tu savais que je venais, ça se voit à des kilomètres que tu as envie que je te baise!

Malgré mes vagues protestations, il m'attrape le bras, me colle contre lui – je me débats un peu, pour la forme – et je me retrouve les seins contre sa poitrine bronzée. Ses deux mains sur mes fesses, sa queue s'insinue à l'entrée de mon vagin; d'un coup de reins et en tirant mes fesses vers lui, il m'enfile profondément.

– Tu vois bien que tu en as envie... Si tu veux, on recommence normalement; on s'embrasse, on se caresse, bref, on fait ça dans la forme...

Sans dire un mot, je m'allonge sur la chaise, tandis que Robert, à genoux, s'approche de moi, pose une main sur ma poitrine et m'embrasse tendrement. Pendant un moment, il me caresse le corps de ses mains, effleure mon sexe, remonte jusqu'à mes seins, puis sa bouche, délaissant la mienne, va se poser sur mes tétons qu'elle lèche et suçote. Ses mains continuent leur exploration et me rendent folle de désir chaque fois qu'elles s'approchent de mon pubis, tant d'ailleurs que je me contorsionne maladroitement pour qu'elles s'y attardent. Peine perdue! Elles continuent sur mes cuisses, poursuivent jusqu'aux genoux, puis remontent entre mes jambes, frôlent le pourtour de ma fente et continuent leur chemin...

J'ai les jambes de chaque côté de la chaise longue lorsqu'il me dit de me retourner; il me fait à nouveau m'allonger, mais sur le ventre, les jambes de part et d'autre de la chaise. Sous mon bas-ventre, il glisse alors un gros appuie-tête gonflable en me chuchotant qu'il va s'occuper de mon cul. La position est indécente; je suis cambrée et écartelée, les lèvres de ma chatte grandes ouvertes et toutes ruisselantes.

Robert se met à genoux derrière moi. Il m'attrape les hanches, puis me fait glisser jusqu'au bord de la chaise, ce qui accentue encore plus mes ouvertures; même mon anus n'a jamais été aussi tendu. J'ai l'impression que tout l'intérieur de mon ventre est exposé.

Ses doigts passent à l'action; il les balade sur ma chatte glabre, titille mon clitoris, glisse son index dans ma chatte, frôle mon anus. Parfois sa langue remplace sa main et ses doigts. Je n'en peux plus. Aussi, dès que je jouis une première fois, je lui lance:

–Baise-moi vite, j'en ai envie...

Il attend que je reprenne mes esprits pour me dire:

– Je ne vais pas te baiser, mais t'enculer.

– On verra, que je lui réponds, n'osant pas lui avouer que cet orifice est encore vierge.

Sa langue prend le relais pour la énième fois. Lorsqu'il me lèche le clitoris, je sens son nez contre ma vulve, puis il enfonce sa langue dans ma chatte, et alors son nez cherche à pénétrer mon anus. C'est au tour de mon petit trou de recevoir sa langue. Je meurs d'envie qu'il me prenne; mon anus s'est dilaté.

– Mets-la-moi... que je lui murmure.

Il se relève, enfonce deux doigts dans ma chatte, puis les plonge dans mon cul pour bien le lubrifier, avant de m'enfoncer sa queue. Malgré le soin et la dextérité qu'il y met, malgré le désir que j'ai quand il m'encule, j'ai horriblement mal, la douleur est très intense pendant un moment, puis elle s'estompe doucement. Je commence même à donner des coups de reins en arrière pour ne pas faire trop idiote, lorsqu'il me dit, en se vidant dans mon cul:

– Je t'ai dépucelée? Tu veux jouer la salope, mais tu ne sais pas y faire...

Il a à peine fini de jouir que je prends sa bite à pleines mains, avant qu'il débande, et me la fourre dans la chatte – je veux jouir, moi aussi. Heureusement, il s'assure que je sois satisfaite. Aussitôt que j'ai joui, il se rhabille et s'en va.

– Ouais, t'es vraiment une sacrée affaire... dit-il, sourire aux lèvres.

Je sais que la prochaine fois que je le verrai, nous recommencerons et que, cette fois-là, je saurai lui faire sa fête...

– Diane

L'ŒIL PUBLIC

Je m'appelle Madeleine, j'ai trente-cinq ans, un enfant et je travaille dans une compagnie d'assurances. Mon aventure s'est déroulée lors d'une belle journée ensoleillée.

Luc avait proposé d'aller prendre des photos sexy de moi et l'idée me plaisait. J'avais mis une petite robe d'été et un petit slip blanc très serré – Luc me dit que ça me donne l'air d'une gamine – et nous nous sommes rendus au parc le plus proche. Luc venait de s'acheter une caméra vidéo avec un puissant téléobjectif, lui permettant de filmer et de prendre des photos. Aussi avions-nous décidé que je me baladerais dans l'herbe pendant que lui me photographierait, dissimulé dans les buissons. C'était une idée coquine qui nous excitait terriblement.

J'ai donc commencé par m'allonger sur la pelouse, étendant mes longues jambes et révélant du coup ma petite culotte blanche à l'objectif de Luc. C'était très excitant, surtout lorsque j'ai baissé mon slip pour montrer mon minou et que j'ai vu des gens qui passaient à cinquante mètres de moi. Que pouvais-je vouloir de plus?

En fait, beaucoup plus...

Flirtant avec l'appareil photo de Luc, je n'avais pas réalisé que mon mari n'était pas le seul à m'observer... ce n'est qu'un peu plus tard que je remarquai du coin de l'oeil un jeune type en complet clair, cigarette à la bouche, qui jetait un œil furtif de mon côté. D'abord, je ne lui ai pas prêté attention, d'autant que je n'avais pas remarqué ce qu'il faisait. Mais lorsque je jetai un second coup d'œil vers lui, je vis qu'il avait glissé une main dans son short: il était visiblement en train de masser la grosse bosse qui apparaissait entre ses jambes musclées. Je ne savais pas très bien quoi faire, mais, en même temps, je dois avouer que l'idée qu'un jeune type puisse se branler à la vue de mon minou commençait à m'exciter.

Je savais que Luc ne l'avait pas remarqué, aussi me suis-je mise à baisser ma culotte un peu plus pour câliner les lèvres gonflées de ma chatte. J'étais carrément en train de me masturber devant ce jeune type, et en plus cela m'excitait terriblement.

Jetant à nouveau un œil vers lui, je ressentis une certaine appréhension lorsque je vis le type se lever et se diriger vers moi, quoique je doive avouer que ce que je voyais me plaisait, surtout la grosse bosse entre ses jambes. Il s'arrêta devant moi.

— Alors, ça te plaît de montrer ta chatte? me lança-t-il d'un ton impudique.

Je ne savais trop que faire; je jetai un coup d'œil vers le buisson où Luc était caché. Il devait bien avoir vu le type à présent. De fait, il l'avait vu, mais, à mon grand étonnement, il me faisait signe de continuer à parler. Puisque j'avais le feu vert de mon mari, je n'avais plus peur de jouer les effrontées.

— Et ça t'a plu? Ça t'a fait bander? lui rétorquai-je, éludant sa question.

— Pour ça, oui... répondit-il en pointant la protubérance sous sa braguette. Et j'aurais bien besoin qu'on termine le travail, ajouta-t-il.

— Je suppose que tu veux que je te file un coup de main? fis-je, sourire aux lèvres.

Le type me sourit timidement.

– Ça ne me déplairait pas, mais il y a bien des gens, non?

– Ne t'inquiète pas, lui dis-je; si l'on s'y prend bien, personne ne s'en apercevra...

J'avais du mal à le croire, mais j'étais arrivée à un tel degré d'excitation que je me moquais un peu qu'on nous surprenne, peut-être même cela ajoutait-il à mon excitation. Le type s'en était aperçu.

Il s'agenouilla à côté de moi, puis étendit la main pour me caresser l'entrejambe.

– Ce que tu es mouillée, me dit-il...

– Oui, et j'aimerais bien qu'on me lèche, dis-je sur un ton coquin, mais à la condition que tu saches le faire sans trop attirer l'attention...

Sans me donner le temps de réagir, il se pencha, releva ma jupe et pressa son visage contre ma chatte. Je sentais sa langue qui me léchait à travers mon slip. Je rabattis vite ma jupe au-dessus de sa tête en espérant que l'on ne nous remarquerait pas trop, enfin pas suffisamment pour savoir ce que nous fricotions...

Je me laissai alors aller.

Je le sentis qui écartait mon slip, et quelques secondes plus tard, sa langue fouillait mon sexe. Je n'en croyais pas mes yeux: j'étais là en train de me faire sucer au beau milieu d'un parc public! J'avais presque oublié Luc jusqu'au moment où le reflet du soleil sur son objectif me rappela sa présence; je réalisai soudain qu'il était toujours en train de photographier ou de filmer.

Le jeune type avait enfoncé sa langue dans ma fente mouillée et la sensation était incroyable. Je sentis mon corps se raidir tandis qu'il dardait mon clitoris du bout de sa langue.

– Oh... soupirai-je. Je vais jouir... je vais jouir...

Et je perdis presque la tête, tandis que des frissons se mettaient à parcourir ma chatte avant de se répandre dans tout mon corps. Sans même y réfléchir, je tendis la main vers la protubérance qui déformait son pantalon, je descendis sa fermeture éclair, y glissai la main et refermai les doigts autour de son érection. Je me mis alors à le branler. Je sentis son énorme engin se dilater dans ma main, tandis qu'un jet puissant de crème éclaboussait mes doigts.

– Vas-y! haleta-t-il. Plus fort... plus fort...

J'obéis, l'astiquant jusqu'à la dernière goutte de sperme.

Luc semblait furieux, non pas tant en raison de cette séance libertine à laquelle je me livrais, mais plutôt parce qu'il ne semblait pas pouvoir filmer clairement nos gestes. C'est alors que je décidai de me jeter à l'eau.

– Tu sais, dis-je, mon mari nous filme à partir des buissons... et je crois qu'il est furieux parce qu'il n'a pas tout bien vu...

– S'il n'y a que ça pour le rendre heureux, on peut aller ailleurs, me répondit-il...

Je souris.

– Attends-moi un moment...

Je me rendis près de Luc et lui dis que le type était prêt à poursuivre dans un décor plus intime, de façon qu'il puisse nous filmer plus librement... Mon mari sourit et acquiesça à la proposition. Il me suivit jusqu'au type et, tous trois, nous prîmes le chemin de l'appartement.

Inutile de vous raconter ce qui est arrivé, vous le devinez certainement. Inutile aussi de dire que j'étais ravie: après tout, combien de maris non seulement autorisent leur femme à se taper d'autres mecs, mais – mieux – les encouragent à le faire?

– Madeleine

LE SÉMINAIRE

Je m'appelle France, j'ai 35 ans et je suis plutôt jolie. Mariée depuis neuf ans avec Bruno, je n'ai jamais ressenti le besoin de le tromper. Mais les choses changèrent à l'occasion d'un séminaire professionnel auquel je participai à Québec pendant quatre jours avec quelques clients. C'était la première fois que je quittais mon mari aussi longtemps; Bruno me fit des adieux touchants et je le sentis inquiet. Était-ce une prémonition de sa part?

Arrivés à l'hôtel, nous prîmes un dry martini avec nos clients – et c'est à ce moment que j'aperçus celui qui allait me faire chavirer. Immédiatement, il me plut, même si je ne saurais expliquer pourquoi. La quarantaine, il avait beaucoup de prestance. Nous fîmes connaissance et j'eus tout de suite envie de lui comme cela ne m'était pas arrivé depuis longtemps, mais je réussis néanmoins à refouler l'idée de coucher avec lui, enfin... tout au moins au début.

Deux jours passèrent, nous étions sans arrêt l'un avec l'autre, attirés comme deux aimants. Et si rien ne s'était produit, je dois cependant reconnaître que j'avais du mal à dormir tant sa pensée m'obsédait. Je me soulageai en solitaire pour me détendre et chasser ces pensées lubriques. Mais cela ne me suffit pas, et je ne pus m'empêcher de fantasmer sur lui. J'en éprouvai de la gêne, mais aussi beaucoup de plaisir.

Puis arriva ce qui devait arriver. Le troisième soir, après le souper, alors que nous flânions au bord de la piscine de l'hôtel, sans mot dire, il me prit dans ses bras et m'embrassa. À partir de cet instant, tout alla très vite; je répondis «oui» sans me poser de question lorsqu'il me proposa d'aller dans sa chambre.

Très rapidement, nous fûmes nus sur le lit et il prit le contrôle des «opérations». Il me caressa doucement, effleurant mes seins et mon sexe, m'embrassant à pleine bouche. J'étais trempée. Et lorsqu'il mit un doigt dans ma chatte, je ressentis un plaisir que je n'avais pas ressenti depuis fort longtemps. Je jouis presque aussitôt. Il se plaça alors entre mes jambes et plongea sa tête entre mes cuisses; je les écartai et soulevai mes fesses pour presser davantage sa bouche sur ma chatte. Je vis une partie de sa tête lovée contre ma toison brune. Il commença à me lécher depuis l'anus jusqu'à mon clitoris; sa langue me fouilla avec minutie. C'était insupportable de plaisir!

Je pris mes deux mains et j'écartai les lèvres de ma chatte pour lui permettre de mieux me sucer. Oh que c'était bon! Sa langue s'attarda ensuite sur mon bouton, que je sentis gonflé de désir, ses doigts fouillant ma petite grotte.

Je jouis très vite.

Il se redressa et offrit sa queue à ma bouche. Je me mis à le sucer avec délectation, tout en caressant ses bourses. Elles étaient dures et rondes, pleines de désir. J'aimais son odeur. Il me prit le menton avec sa main et releva ma tête; ses yeux croisèrent les miens. Je vivais un grand moment de plaisir et il le savait.

Il retira sa bite de ma bouche pour s'allonger sur mon corps. Je ne l'ai pas senti s'enfoncer en moi. Jambes écartées très grandes, bras relevés derrière la tête, je me laissai posséder par cet homme, sans honte ni remords. Juste avec contentement. Cette bite qui me pénétrait n'était pas celle de Bruno, mais celle d'un presque inconnu qui me désirait ardemment et qui me faisait du bien.

Comme il était silencieux, je m'enhardis à lui demander de me parler de façon crue; j'avais envie qu'il s'abandonne, qu'il se défoule pour mon plus grand plaisir, parce que cela m'excitait terriblement d'entendre des mots obscènes, grossiers.

Il se retira alors de moi, me retourna et me fit mettre à quatre pattes; d'une main, il prit son membre qui buta contre mon intimité. J'étais à sa merci! De l'autre main, il saisit l'intérieur d'une de mes fesses et les écarta. D'un violent coup de reins, sa queue s'enfonça dans ma chatte. Son rythme se mit à s'accélérer. Puis il me traita de salope, me décrivit ce qu'il me faisait avec sa queue. J'aimais l'entendre me parler ainsi; j'aimais sentir ses assauts de plus en plus rapides qui claquaient sur mes fesses. Je sentais que ma croupe devait l'exciter terriblement. Il me défonçait et c'était divin.

Je n'en pouvais plus. Je jouis plusieurs fois, tant d'ailleurs que je ne le sentis pas jouir en moi.

Puis nous nous sommes endormis. Tard dans la nuit, je regagnai ma chambre. Je venais de tromper mon mari, et pourtant, j'étais bien. Je me sentais femme. Repue, j'ai vécu mon dernier jour du séminaire comme sur un nuage. Nos regards se croisèrent encore une fois dans la journée, mais l'excitation était passée.

– France

PETIT EXTRA... EXTRACONJUGAL!

Pierre et moi faisons l'amour très souvent, cela nous est d'autant plus facile qu'il s'arrange pour envoyer mon mari, Daniel, visiter une usine ou une autre, pour prendre des mesures, bien souvent à quelques centaines de kilomètres de Montréal où nous habitons, afin que celui-ci reste absent pour la nuit.

Un de ces soirs où Daniel était à Sherbrooke en compagnie de Michel, un confrère, Pierre et moi avons décidé de sortir dans un bar, et comme les enfants étaient chez ma mère pour la nuit, nous avions tout notre temps. Seulement, il fallait attendre après 21 heures, puisque c'est d'habitude à cette heure que Daniel me téléphone lorsqu'il est en déplacement.

Pierre était chez moi depuis 20 h 30, et nous flirtions tranquillement ensemble lorsque le téléphone sonna.

– Bonsoir, chérie, c'est moi!

– Bonsoir, mon amour, j'attendais ton appel...

– Ah bon! Je te manque tant que cela?

– Bien sûr, mon amour!

Puis suivirent les banalités habituelles.

Vêtue d'un ensemble de jogging, debout dans le salon, le téléphone à la main, je sentis Pierre derrière moi. Il commença alors à me caresser les seins, les fesses – j'avais du mal à me contrôler. Doucement, sa main passa à mon entrejambe et caressa mon sexe à travers le tissu de ma culotte. Daniel parlait, me racontait sa journée, ses rencontres, mais je ne pouvais empêcher l'excitation de monter en moi. Je me mordais les lèvres, et quand Daniel me posait une question, j'avais toute la difficulté du monde à lui répondre. Ma voix était sèche. Il me demanda ce qui se passait.

– Y a-t-il quelqu'un à la maison?

– Non, bien sûr que non...

– Les enfants sont déjà au lit? reprit-il.

– Oui, je viens de les coucher, ils ont école demain!

– Bon, je pense que tu dois être fatiguée, alors je vais te laisser.

– Oui, chéri, je vais d'ailleurs aller me coucher... Je t'embrasse....

À peine avais-je raccroché que Pierre me pénétrait d'un seul coup jusqu'à la garde; un son rauque sortit de ma bouche. Une jouissance fantastique!

Nous sommes ensuite sortis pour nous rendre dans un bar, mais je réalisai rapidement que ce n'était pas réellement un bar mais plutôt une boîte d'échangistes. Une dizaine de couples batifolaient à qui mieux mieux; pas de femmes seules, pas d'hommes seuls, ce qui me parut un peu étrange. Je demandai à Pierre dans quel type d'endroit nous étions.

– Il s'agit simplement d'un *bar-danse*, me répondit-il en m'entraînant sur la piste sur laquelle d'autres couples dansaient, s'enlaçaient, s'embrassaient.

Au bout de quelques minutes, au moment où nous rejoignions notre table, je vis Pierre s'arrêter et discuter avec un Noir – sa copine, une belle brune aux yeux clairs, me dévisageait effrontément.

Quelques minutes plus tard, le couple vint s'asseoir à notre table et Pierre fit les présentations – le Noir et sa copine se prénommaient Christian et Nathalie. Les tournées se succédant, nous avons rapidement sympathisé, et lorsqu'un *slow* se mit à jouer, Christian m'invita, et Pierre invita sa copine. Christian, qui était dans le début de la vingtaine, se fit très entreprenant; il commença à me serrer de plus en plus fort contre lui, non sans que cela suscite une certaine excitation chez moi, d'autant que je voyais les mains de Pierre sur les fesses de Nathalie. D'un coup, stupeur, leurs langues se mêlèrent – je ne rêvais pas, ils s'embrassaient à bouche-que-veux-tu! Voyant cela un peu comme un signal, Christian commença à m'embrasser dans le cou, tandis que ses mains me caressaient le bas du dos.

Après la danse, de retour à notre table, Pierre s'assit à côté de Nathalie et Christian vint à mes côtés. Pierre caressait maintenant la cuisse de Nathalie, tout en l'embrassant sans gêne, et Christian s'aventurait tranquillement à me caresser les épaules, le bras, puis, voyant que je n'opposais aucune résistance, la jambe. De fait, cela ne me laissait pas indifférente. Peu après minuit, Christian et Nathalie nous invitèrent à prendre un dernier verre chez eux. Dans la voiture, Pierre arriva sans trop de mal à me convaincre de vivre cette nouvelle expérience...

Une fois chez nos hôtes, l'ambiance changea littéralement. Et après quelques verres bien tassés, Nathalie prit Pierre par la main et l'entraîna dans une autre pièce, sans doute la chambre. Christian et moi discutions toujours quand les premiers murmures de Nathalie se firent entendre. Aussitôt, je frissonnai et sentis ma petite culotte se mouiller.

Christian se rapprocha de moi et me caressa les seins; instinctivement, je posai ma main sur son entrejambe où se dessinait déjà une proéminence qu'il ne cherchait plus à dissimuler. En ouvrant sa braguette, sa bite sortit – et quelle bite, au moins 25 centimètres, et un diamètre de 6! Sans plus de chichis, j'enfournai ce membre dans ma bouche et je lui fis une fellation comme j'en avais le secret. Il ne résista pas longtemps et quelques minutes suffirent pour que gicle sa semence au fond de ma gorge. Mais j'avais maintenant envie de sentir ce membre au fond de moi, d'autant que les murmures de Nathalie étaient devenus des cris et des vociférations. Quelle sensation lorsqu'il me pénétra! J'eus immédiatement un orgasme, puis un deuxième, et un troisième après quelques minutes. Ce fut vraiment le pied!

Il s'écoula une heure, peut-être un peu plus, lorsque Pierre et Nathalie nous rejoignirent au salon, eux aussi à moitié vêtus. Nous en sommes restés là cette nuit-là, mais un rendez-vous fut pris pour la semaine suivante, pour une partie de jambes en l'air cette fois-ci.

– Jeannine

L'INTÉRIMAIRE

À 18 ans, je me suis mariée avec mon premier amour, et tout s'est passé pour le mieux pendant quatre ans, jusqu'à ce que je tombe enceinte et que je donne naissance à la plus adorable des petites filles. Après cette naissance, pourtant heureuse, mon mari a commencé à se désintéresser peu à peu de moi. À sa décharge, je dois dire que j'étais encore assez pudique et que je n'acceptais pas tout ce dont il avait envie en matière de sexe.

Quand notre fille a eu six mois, parce que je sentais en quelque sorte le vent tourner et que je ne voulais pas me retrouver sans moyen dans l'éventualité d'une séparation, j'ai décidé de retourner sur le marché du travail et de faire de l'intérim. Très vite, j'ai enchaîné les contrats, ce qui m'a permis d'oublier le manque de tendresse de mon mari.

Au bout de quelque temps, on m'a proposé un contrat de quatre mois, que j'ai accepté rapidement parce que le lieu de travail se trouvait à proximité de la maison et que l'environnement de cette entreprise semblait aussi sympathique que dynamique. Je me suis d'ailleurs très vite intégrée, et très vite aussi le patron, Didier, marié et père de deux enfants, m'a manifesté un intérêt non dissimulé. Il était attentionné et ne manquait pas, par exemple, de me faire des compliments sur ma tenue ou la façon de me coiffer. Certes, souvent des femmes le demandaient au téléphone et une certaine réputation de Casanova le suivait. Je ne savais vraiment ce qui m'attirait en lui, mais j'aimais être en sa présence. Je commençais ma deuxième semaine lorsqu'il m'a invitée à dîner, invitation que j'ai acceptée aussitôt.

C'est dans sa voiture, alors que nous étions en route pour le restaurant, qu'il a commencé à me draguer, mais c'est surtout au retour que j'ai senti son regard se poser sur mes cuisses nues. J'étais bien un peu pétrifiée, mais j'étais aussi fière qu'un homme comme lui s'intéresse à moi.

Après ses yeux, c'est sa main qui s'est posée sur mes cuisses. Lorsqu'il a vu que je ne protestais pas, sa main est remontée à l'intérieur de mes cuisses, soulevant le rebord de ma robe pour venir se poser sur le tissu de mon minuscule slip. Sa main ouvrait mes cuisses légèrement. Je sentais ses doigts appuyer sur ma vulve; d'un lent mouvement circulaire, il suivait le pourtour de mes lèvres et les entrouvrait insidieusement. Cela a duré quelques minutes, le temps qu'il trouve un endroit calme pour se garer.

Une fois le moteur coupé, il s'est approché de moi et s'est mis à m'embrasser fougueusement, tandis que ses mains descendaient mon slip sur mes genoux et que ses doigts plongeaient dans mon sexe. Je mouillais comme jamais, tant d'ailleurs que j'avais un peu honte de ce clapotis qui retentissait dans l'habitacle de la voiture. Il a délaissé mon sexe quelques instants, le temps de détacher son pantalon, et il a pris ma main pour la poser sur son sexe bien raide. Je n'en avais pas encore caressé beaucoup et encore moins sucé, mais celui-ci me paraissait vraiment gros.

Tout en reprenant ses caresses entre mes cuisses, j'ai compris qu'il voulait que je le suce. J'ai hésité, mais une fraction de seconde seulement et je me suis retrouvée penchée sur son entrecuisse, son gland juste sous mon nez – je sentais cette odeur d'homme et cela m'excitait. J'ai commencé par lécher son membre, gonflé de désir, puis je l'ai emprisonné entre mes lèvres, avant de l'engloutir dans ma bouche. À ce moment-là, je ne pensais plus à rien, ni à mon mari ni à ces quatre années de vie commune; je ne pensais qu'à ce sexe, qu'à cet homme que je voulais faire jouir.

Pendant que je m'activais ainsi, ses mains ne restaient pas inactives; l'une me caressait les cheveux, l'autre le dos, les hanches, les fesses pour parfois atteindre mon entrecuisse inondé. Je l'entendais me dire:

– Vas-y, petite, suce-moi bien... Je te sens bien trempée... Oui, sens comme ça t'excite...

Sa queue me remplissant la bouche, je ne pouvais lui répondre; je n'avais d'ailleurs rien à redire: il disait vrai. Après que j'ai joui une première fois sous ses doigts, il m'a pénétrée avec trois, puis quatre doigts; quand il les ressortait de ma chatte, il m'obligeait à délaisser sa queue pour que je les lui lèche. Puis, subitement, j'ai senti qu'il se tendait, qu'il se crispait; je devinais qu'il allait jouir. Je ne voulais pas qu'il jouisse dans ma bouche, mais sa main qui empoignait ma tête m'empêchait tout recul, et il a éjaculé en jets chauds sur ma langue. Pendant que sa main tenait ma tête, le goût de son sperme envahissait ma bouche; son odeur, mon nez. C'était la première fois qu'un homme éjaculait dans ma bouche et j'en ai ressenti une grande excitation – je crois bien avoir joui une deuxième fois à cet instant.

– Oui, continue, ma petite chérie. Oui, tu fais bien cela...

Il a retiré sa queue de ma bouche et a dirigé ses derniers jets sur mon visage; son sperme me coulait sur le menton.

– C'est ça, petite, m'encourageait-il, lèche; lèche encore...

Sa queue fléchissait et je le léchais encore – il m'a fait lécher tout le sperme sur sa queue, et je l'ai fait sans rechigner. Quelques minutes après, nous nous sommes réajustés, ma culotte était trempée de mouille.

– Tu es excitante, petite. J'avais vraiment envie de toi, me dit-il en me souriant.

Je n'ai pas répondu. Je me sentais même plutôt honteuse de ce que je venais de faire et, surtout, d'en avoir pris tant de plaisir. Mais cela m'a aussi redonné confiance en moi, et c'est sans doute pour cela que ce premier adultère a duré quelques mois...

– Myriam

LE POUVOIR DES MOTS

J'aimerais vous faire part d'une petite perversion qui m'excite au max; oui, oui, je ne m'en cache pas: une perversion. J'adore me faire baiscr par mon amant, Bertrand, tandis que j'ai une conversation téléphonique obscène avec mon mari. J'ai de la chance, car Claude, mon époux, ne voit pas d'inconvénient à ce que j'aie un amant et que je prenne mon pied de cette façon, sans doute parce qu'il voyage beaucoup pour affaires et qu'il a probablement son lot de maîtresses.

Tout cela a commencé alors qu'un soir, mon amant et moi étions tête-bêche, et que je m'efforçais d'engloutir sa formidable queue aussi profondément que possible entre mes lèvres, lorsque le téléphone a sonné. J'ai retiré la queue de Bertrand de ma bouche et, après l'avoir niché entre mes cuisses gainées de nylon, j'ai décroché l'appareil.

– Qu'est-ce que tu fais? m'a demandé tout de suite Claude.

Tout en frémissant involontairement, alors que la bouche de Bertrand venait d'aspirer mon clitoris bandé, je lui ai répondu:

– Je suis allongée sur le lit comme une salope, et je suis en train de me faire bouffer la chatte...

– Par Bertrand?

J'ai confirmé ses soupçons.

– Et il te la bouffe bien? a-t-il demandé.

– Oui... oui... que j'ai répondu, en haletant de plus belle alors que Bertrand, qui venait de réaliser à qui je parlais, s'était mis à me lécher le clitoris avec encore plus d'exaltation.

– Allez, Marie, a murmuré Claude. Je veux t'entendre te faire baiser, tu sais comme ça m'excite...

– Tu as la bite en main? que je lui ai demandé.

– Oui, et elle est bandée comme celle d'un âne en pensant à ta petite chatte juteuse...

J'adore l'entendre me dire des choses comme ça. J'ai alors glissé le combiné téléphonique sur ma chatte, tout contre le visage de Bertrand.

– Tu entends? C'est ma chatte toute trempée que Bertrand lèche et qu'il va bientôt baiser...

J'ai reporté le combiné à mon oreille, et tandis que j'entendais les clappements de la main de Claude qui se branlait en bruit de fond, j'ai collé l'appareil de téléphone le plus près possible de ma bouche dans laquelle j'enfournais la queue de Bertrand que je me suis mise à sucer, en faisant exagérément du bruit.

– Oh oui, a grogné Claude. Si seulement c'était ma queue que tu suçais...

– C'est ce que je ferai dès que tu rentreras de voyage, mon chéri. Pour le moment, il va falloir te contenter de ça... Bertrand... Bertrand...

Bertrand a relevé la tête.

– Ouais? a-t-il demandé.

J'ai rigolé.

— Laisse-moi me mettre à quatre pattes maintenant, pour que tu me baises par-derrière. Je veux sentir chaque centimètre de ta queue dans ma chatte.

Sans mot dire, Bertrand m'a retournée, et après avoir soulevé mon cul, il a collé sa bite contre ma fente...

— Oh oui... Oh oui.... j'ai gémi, excitée, troublée. Claude, si tu voyais... Il est en train de m'enfiler sa grosse queue. Oh oui... Oh oui.... je la sens qui me pénètre jusqu'à la garde.

— Vas-y, ma chérie. Dis-lui de te baiser bien à fond...

— Baise-moi plus fort! Baise-moi à fond... ai-je hurlé à tue-tête.

La queue de Bertrand me pistonnait; j'avais la chatte en feu. J'ai gémi dans le téléphone tout en donnant à mon mari des détails pervers.

— Oh, mon amour, il me défonce la chatte; il est en train de me faire jouir... Oui, ça y est... ça y est: je jouis...

J'ai explosé sur la queue de Bertrand alors qu'il me pénétrait encore, puis j'ai glissé une main entre mes cuisses pour caresser mon clitoris. Ma main s'agitait comme une folle. Le combiné de téléphone est tombé sur le plancher, mais je savais que mon mari entendait toujours mes cris, mes gémissements. Soudain, ma chatte s'est contractée autour de la queue de Bertrand qui giclait au plus profond de mon sexe. Mon corps a été secoué par une vague d'orgasmes successifs.

Bertrand s'est laissé chuter sur le lit à côté de moi. Je n'ai pas attendu de reprendre mon souffle pour me saisir du combiné.

— Imagine ta queue en train de s'enfoncer dans ma chatte, Claude, que je geins au téléphone. Éjacule pour moi, mon chéri; je veux t'entendre jouir.

J'entendais Claude gémir dans l'appareil.

– Je vais éjaculer, oui... Oh, tu ne perds rien pour attendre, petite pute... Oui, moi aussi je jouis... Oui...

Sa respiration était saccadée, la mienne aussi.

– Alors on se reparle demain, mon chéri...

– Oui, je te téléphone à la même heure...

– Marie

ELLE ET ELLES[2]

[2] Les textes de ce chapitre sont extraits d'un livre de Julie Bray à paraître, intitulé *Lesbos*.

LES AMANTS ONT DÉSERTÉ!

Lors d'une soirée organisée par une bande de copains et de copines de l'université, j'avais choisi de porter une tenue sexy, bien décidée à ramener un homme à la maison. Aussi, quelle ne fut pas ma déception lorsque, en arrivant au bar où la fête devait se tenir, je ne vis que des filles que je côtoyais dans mes cours et quelques piliers de bar qui tentèrent de me draguer, mais de façon si grossière que je détournai vite mon regard et mon attention d'eux. Devant ce spectacle consternant et sachant que je rentrerais seule, je décidai de m'offrir quelques verres.

Deux heures plus tard, passablement ivre, une copine vint me dire qu'elle s'en allait; aussi, vu mon état, je lui demandai si elle pouvait me ramener chez moi en voiture, ce à quoi elle acquiesça. Arrivées à la porte de l'immeuble, je lui proposai un dernier verre qu'elle accepta. Geneviève, c'est son prénom, est quelqu'un d'assez bien moulée. Ivre, déçue de ne pas avoir pu ramener d'amant, je commençai à lui raconter mes aventures de l'été d'avant, soulignant au passage que j'étais vraiment en manque. Elle me répondit qu'elle aussi était en manque, n'ayant pas eu d'aventure depuis plusieurs mois, ajoutant cependant qu'elle satisfaisait ses pulsions avec un vibrateur.

– Je peux le remplacer pour ce soir si tu veux, lui dis-je, aussitôt étonnée par ma hardiesse...

– Ça serait super, me répondit-elle sans un instant d'hésitation.

Je ne m'attendais pas à cette réponse et me retrouvai un peu décontenancée lorsqu'elle posa ses lèvres sur les miennes. Mais l'alcool et le désir aidant, très vite, nous nous retrouvâmes nues, nos mains explorant le corps de l'autre. J'avais déjà la chatte trempée lorsqu'elle me lécha un sein, puis l'autre, avant de me demander de m'allonger sur le canapé. Là, sur le dos, les jambes bien ouvertes, je ne pouvais mieux m'offrir. Je n'attendais plus que sa langue et elle arriva rapidement. Le saisissement et le trouble me menèrent rapidement dans un état second. Je sentais sa langue aller et venir sur mon sexe, titiller mon clitoris, forcer mes lèvres, tout en caressant mon anus de ses doigts, visiblement experts en plaisir saphique. Elle me lécha pendant de longues minutes, et je voulus lui rendre la pareille. Je me soulevai et la renversai à son tour sur le dos. Ma bouche fondit sur sa poitrine, que je léchai avidement, tandis que ma main se lançait à la découverte de son sexe.

Après quelques minutes de préliminaires, je l'entraînai dans ma chambre, l'allongeai sur le lit et je plongeai ma tête entre ses cuisses ouvertes pour la fouiller de ma langue. Je mâchonnai son clitoris de mes lèvres et, tout en m'occupant goulûment de son bouton, je lui enfonçai deux doigts dans le vagin. Elle ne tarda pas à jouir. Elle me renversa sur le dos, s'allongea sur moi, et alors que sa bouche fondit sur mes lèvres et que sa langue s'entremêla à la mienne, sa main gagna ma chatte et ses doigts s'enfoncèrent profondément dans mon sexe. Elle me rendait folle, je sentais venir la vague de la jouissance; je gémissais comme rarement. Puis ce fut l'explosion, une sensation merveilleuse de contentement.

Geneviève dormit à la maison et nous refîmes l'amour le matin plutôt que d'aller en cours...

– Suzanne

MA PREMIÈRE EXPÉRIENCE

Je recevais Carole pour la première fois à la maison. Il ne s'était jamais rien passé entre nous, et, même si je n'avais jamais couché avec une femme, je rêvais de tenter l'expérience. Surtout, je fantasmais à l'idée de le faire avec elle.

Alors que je m'agenouillai devant la table basse du salon pour nous servir chacune un verre de vin, j'en renversai un peu partout. Carole vint à ma rescousse; elle me frôla la main, je tremblai – oh! qu'elle était douce et chaude! Elle me releva et me fit m'asseoir tout près d'elle. Je n'osais pas la regarder dans les yeux, mais elle devina néanmoins mes émotions. Elle caressa ma joue et releva une mèche de cheveux. Je sentis son parfum enivrant tant j'étais près d'elle.

Ses yeux n'arrêtaient pas de me fixer; elle me dévisageait de haut en bas, puis de bas en haut. J'étais troublée. Presque gênée. Je ne bougeai pas, je ne dis rien. Elle avait maintenant posé sa main sur le haut de ma cuisse. Je sentais des frissons me parcourir tout le corps; même si c'était terriblement excitant, j'en restais pétrifiée.

Puis elle m'embrassa dans le cou, son souffle chaud me caressa le visage, puis la nuque. Je fermai les yeux. Elle se leva, se plaça debout devant moi et me fit lever à mon tour. Elle déboutonna un à un les boutons de mon chemisier, tout en m'embrassant les cheveux, le visage, et encore le cou et la nuque. Je m'offrais à elle, j'étais paralysée. Je gardais mes yeux entrouverts, car je voulais la voir me donner du plaisir – déjà, les bouts de mes seins étaient si durs qu'ils me faisaient presque mal...

Oui, oh oui... Carole savait y faire! Et il ne fallut pas longtemps pour que je me retrouve à demi nue. Toujours face à moi, elle passa ses deux mains dans mon dos et dégrafa mon soutien-gorge, qu'elle posa soigneusement sur le canapé, comme elle l'avait fait pour mon chemisier.

Elle prit mes mains et les posa sur ses seins; je les sentais durs, je sentais ses tétons bandés. Je glissai alors mes mains sous son chandail, sa peau était douce et chaude; je le lui enlevai, puis lui retirai son soutien-gorge. Elle frémit sous mes caresses. Cela semblait lui plaire, et j'en étais heureuse. Elle me retira mon jean, puis fit glisser sa jupe. Nous nous trouvions toutes les deux en slip. Face à face. Elle posa délicatement sa bouche sur mes seins pour les embrasser. Puis elle les suça, les mordilla. C'était délicieux.

Je me laissais faire.

Elle se laissa glisser à genoux devant moi pour m'embrasser le ventre, le nombril, pour lécher mes hanches, puis, avec ses dents, elle fit glisser mon slip. J'étais dans un état d'excitation indescriptible. Elle commença alors à me lécher doucement la chatte. Déjà, je sentais mon suc se distiller. Elle me suçait, m'aspirait comme jamais aucun homme ne l'avait fait. Sa langue me fouillait. Elle me procurait un tel plaisir que je m'accrochais à ses cheveux.

En même temps que sa bouche me dévorait, ses mains m'écartaient les fesses. Je m'étais offerte, j'étais à elle, elle pouvait faire de moi ce qu'elle voulait – non, elle *faisait* de moi ce qu'elle voulait! Et j'adorais ça. Elle s'activait dans ma chatte tant et si bien que je dégoulinais dans sa bouche. J'ai crié, et j'ai joui.

Soudain, je me suis sentie prête, prête à lui rendre le plaisir qu'elle m'offrait. Je l'ai entraînée sur le sofa où je l'ai allongée – elle me sourit. Puis je me penchai sur elle et j'embrassai son corps. Je découvrais ses seins, son ventre, sa chatte, ses cuisses, ses jambes; sa peau était très douce et parfumée. Mes mains titillaient le bout de ses seins, les massaient doucement. Elle se laissait faire en souriant. Elle me caressait les cheveux, le visage, le dos.

Je décidai de la lécher, tout comme elle me l'avait fait. Je la goûtai, la dévorai; puis j'introduisis un doigt dans sa fente. Elle se cambra. J'en introduisis un deuxième. Elle gémit. Mes doigts mimaient le va-et-vient de la possession dans sa chatte trempée. En quelques minutes, je réussis à la faire jouir.

Nous sommes retournées nous lover toutes les deux au creux du canapé et nous avons sombré dans les bras de Morphée. Dans la nuit, je me suis réveillée, frissonnante. Carole n'était plus là, elle était partie pendant que je dormais. Mais, sur la table, une feuille et quelques mots de sa main:

– Lise, tu es très douée! J'ai adoré... À bientôt, peut-être? Carole.

Je ne l'ai jamais revue.

– Lise

RENCONTRE AU CLUB
DE VACANCES

Il faisait un temps épouvantable depuis notre arrivée dans ce club de vacances, mais, profitant de quelques éclaircies et de l'apparition de quelques rayons de soleil, j'enfilai un bikini et allai me faire bronzer.

En explorant un peu les lieux à la recherche d'un endroit tranquille, je me retrouvai, je ne sais trop comment, sur une petite parcelle de plage, à l'abri des regards indiscrets. Je m'installai donc là et, me croyant seule, j'ôtai mon maillot de bain afin de me faire bronzer nue.

J'éprouvais déjà une certaine excitation à me retrouver nue à cet endroit, mais je le devins encore plus lorsque je m'aperçus qu'une jolie brune, que je n'avais pas vue parce qu'elle était allongée derrière un gros rocher, me dévorait des yeux. Mon premier réflexe en temps normal eût été de me rhabiller à la hâte et de m'en retourner, mais c'étaient les vacances et, après tout, c'était une femme comme moi. Aussi ne bougeai-je ni ne cherchai-je à cacher quoi que ce soit.

Je m'enduisis de crème solaire, tout en jetant de furtifs coups d'œil dans sa direction. Est-ce que je me faisais du cinéma ou était-elle vraiment en train de se caresser la chatte par-dessus son maillot en me regardant? Cette vision inattendue m'excita encore plus que je ne l'étais déjà. Même si son maillot dissimulait partiellement son corps, je le devinais sans trop de peine, mais j'aurais bien aimé profiter, moi aussi, d'une vue aussi éloquente que celle que je lui offrais. Je me relevai, et le lui dis.

– Vous savez, lui dis-je, nous ne sommes que nous deux sur ce coin de plage, rien ne vous empêche de faire comme moi... Ça ne me gêne pas, vous savez...

Quoique visiblement surprise de mon audace, elle se leva et vint étendre sa serviette de plage près de la mienne.

– Ça ne vous dérange pas que je vous tienne compagnie? demanda-t-elle.

Avant que j'aie le temps d'acquiescer, elle se déshabilla. Lorsque je constatai qu'elle avait la chatte rasée, je ne pus en détacher mon regard. Elle me sourit. Avant qu'elle s'allonge, continuant sur ma lancée, je lui demandai si elle voulait bien me mettre de la crème solaire dans le dos, car je n'arrivais pas à le faire seule. Elle s'approcha, un sourire complice au coin des lèvres, puis s'assit à côté de moi, en se présentant, Valérie, doux prénom s'il en est! Je lui tendis le tube de crème. Toujours riante, elle prit le flacon mais le reposa aussitôt et approcha ses lèvres des miennes. Je résistai quelques instants malgré mon envie, puis je me soumis.

Tandis que nos langues s'entremêlaient, nos mains parcouraient le corps de l'autre, suscitant des frissons de désir et de plaisir. Je la laissai quitter ma bouche à regret, mais elle la posa aussitôt sur mes seins qu'elle titilla. Ils durcirent rapidement et, satisfaite, comme si c'était le signal qu'elle attendait, elle me fit allonger sur le dos. Les choses se bousculèrent. Elle était déjà à califourchon sur mon ventre, la tête penchée sur mon sexe. Je ne résistai pas longtemps à la vue de sa chatte et de son cul à quelques centimètres de mon visage; je la saisis aux hanches et l'attirai sur ma bouche.

Alors que j'activais ma langue le long de sa fente, je sentais la sienne qui me lampait. Plus sa bouche fouillait mon sexe, plus ma langue lui titillait le clitoris, ce qui produisit un concert de gémissements et de déhanchements à n'en plus finir. Je sentais sa langue chaude et humide me pénétrer. Ses va-et-vient me faisaient jouir et je ne m'en cachais pas...

J'avais du mal à continuer à la satisfaire tant mes sens étaient exacerbés; cependant, je m'appliquai. Tandis que ma langue humidifiait son anus qui se détendit sous mes caresses buccales, je la pénétrai d'un doigt, puis, constatant qu'un seul ne lui suffisait plus, j'en insérai un deuxième, puis un troisième... Elle laissa échapper un cri. Moi, la baisant avec mes doigts; elle, me baisant avec sa langue. Nous étions exaltées; nous jutions chacune dans la bouche de l'autre...

Nous aurions probablement continué des heures durant, mais une averse mit fin à nos ébats. Rhabillées en vitesse, nous prîmes la direction des hôtels pour découvrir que nous étions descendues au même...

– Nicole

SLIPS, DENTELLES ET PLAISIR

Je m'appelle Annie, j'ai 27 ans et j'habite un petit studio au centre-ville. Élise, une bonne copine de travail, vit avec sa mère dans leur maison de la banlieue.

Un vendredi après-midi, après le travail, alors que je m'apprêtais à m'en aller chez moi, où j'avais prévu passer un week-end tranquille, Élise me proposa de l'accompagner chez elle pour lui tenir compagnie, car sa mère était partie chez des amis et ne devait rentrer que le dimanche soir. Ravie de l'invitation, d'autant qu'il faisait une chaleur tropicale au centre-ville, j'acceptai sans hésiter. Comme je dis à Élise que je devais passer à mon studio pour aller chercher des vêtements, elle me déclara qu'il ne servait à rien de tarder et qu'elle m'en prêterait pour le week-end. J'acceptai et nous partîmes aussitôt dans sa voiture.

Lorsque Élise m'ouvrit la porte de chez elle, je la surpris en train de dévisager mon dos qui laissait entrevoir le haut de mon string – assorti, soit dit en passant, à mon soutien-gorge. J'avais déjà remarqué ses regards «appuyés» au bureau, mais je n'y avais pas vraiment attaché d'importance, sinon que je trouvais même cela un peu excitant...

Après le souper, assise l'une en face de l'autre, nous terminions nos verres de vin en discutant de cul, comme on le fait souvent entre copines. Nous parlions de nos «ex», de nos attentes et de nos insatisfactions, de nos fantasmes surtout. Puis, la conversation dévia sur la lingerie. Élise me parla de sa passion pour les dessous sexy, et comme je lui dis que c'est un goût que je partageais, elle décida de me montrer sa collection. Effectivement, elle en avait tout un assortiment, de tous les styles, de toutes les couleurs, beaucoup de dentelles... Elle me demanda si je voulais voir son ensemble préféré, et tandis que je lui répondais oui, elle s'assit sur le lit de sa chambre et commença à défaire son jean. Je réalisai soudainement que c'était celui qu'elle portait. Elle retira son jean, puis son débardeur. J'étais sidérée de son aplomb, mais je n'en trouvais pas moins la scène très... agréable.

Elle était maintenant assise en face de moi, les jambes ouvertes, uniquement avec un petit «brésilien» blanc bordé de dentelle, et un soutien-gorge assorti. Elle glissa sa main sur le tissu...

– Alors, ça te plaît? me demanda-t-elle.

– Oui, c'est ravissant, dis-je en rougissant.

Soudain, j'avais très chaud. Je ne savais pas trop comment réagir, aussi me laissai-je guider dans les folies de mon amie. Une auréole sur sa culotte révélait son excitation qu'elle ne cherchait d'ailleurs pas à dissimuler...

– Fais voir, toi, ce que tu portes, me dit-elle.

Et sans que j'aie le temps de réfléchir, moins encore de répondre, elle me prit par la taille et, tandis que je me laissais faire, elle fit glisser mon pantalon sur mes chevilles. Je me retrouvai en string en face d'elle. Elle approcha sa tête de mon entrejambe et, à travers la dentelle, fit glisser sa langue... J'étais tétanisée, ma mouille inonda mon string. Élise sourit et y posa ses lèvres, avant de le faire glisser à son tour le long de mes jambes et de me le retirer.

Elle me prit alors par la taille et m'allongea sur le dos, se plaçant au-dessus de moi. Je pouvais sentir son brésilien trempé frotter contre mon ventre, sous mon nombril, puis plus bas... Je poussais de petits gémissements qui semblaient l'encourager. Elle retira son slip et se remit sur moi, mais non sans garder sa culotte à la main. Elle se caressa avec le petit morceau de tissu, avant de se l'enfoncer doucement en elle; elle le fit rentrer presque en entier dans sa chatte, ne laissant dépasser qu'un petit bout de dentelle. Tout en se frottant lascivement sur moi, elle prit mon string posé sur le lit, encore trempé de mon plaisir; elle se souleva légèrement, puis l'enfila rapidement avant de revenir se frotter à moi. Je sentais glisser le string humide et la petite bosse formée par sa culotte encore en elle sur mon sexe. Elle vint ensuite se placer au dessus de mon visage, et, tout en écartant l'élastique de mon propre slip qu'elle portait, elle me demanda de sortir le sien de sa chatte avec ma bouche. C'était très chaud, détrempé, mais... très agréable.

Je sortis l'étoffe doucement avec ma bouche, puis elle le prit et me l'enfila sensuellement. Je portais maintenant sa culotte et elle, la mienne. Elle s'allongea alors sur moi, de façon que nos sexes soient l'un contre l'autre, puis elle recommença à se frotter langoureusement. Un coup de reins plus violent me fit échapper un petit jet de mouille, qui finit d'inonder nos deux chattes brûlantes.

Après quelques minutes de répit, Élise me proposa d'aller prendre un bain dans cette tenue, mais ça, c'est une autre histoire...

– Annie

LA VOISINE DE PALIER

Un soir, alors que j'étais allongée sur mon canapé à regarder non-chalamment une émission débile, je me caressais distraitement les seins lorsque je réalisai que j'avais fait bander mes tétons et qu'ils pointaient à travers le tissu de mon t-shirt. Je détournai les yeux de la télé et me concentrai sur mes pointes durcies, faisant lentement tournoyer mes doigts autour d'eux. Même si tout cela était fait «innocemment», je sentis un frisson me parcourir l'échine. Je remontai mon t-shirt au haut de ma poitrine et me retrouvai les seins à l'air. Au contact de l'air refroidi par le climatiseur, mes deux pointes se hérissèrent davantage. Je pris un sein à pleine main, le massant et griffant doucement au passage le mamelon.

J'allais poursuivre mon petit jeu lorsqu'on sonna à la porte. J'émergeai de ma torpeur et me levai, en réajustant mon chandail. Je regardai par le judas et je reconnus ma voisine de palier, Sophie, âgée d'une quarantaine d'années, mariée, et très jolie. Aussitôt que j'ouvris la porte, elle me tomba dans les bras, visiblement troublée.

– Il faut que je t'avoue tout... me dit-elle.

Je l'invitai à s'asseoir.

– Je t'aime... je te désire... Il y a si longtemps que je me retiens de te le dire. Depuis des jours et des jours, j'ai peine à dormir, mes rêves sont peuplés de ton image, de ton visage, de ton corps. Je sais que tu ne partages pas mes sentiments mais, au moins, désormais, je dormirai tranquille...

J'étais abasourdie.

Je la regardai sans rien dire.

Du coup, elle se leva et me rejoignit sur le canapé; elle prit ma main et la caressa doucement. Je ne bougeai pas, incapable de faire le moindre geste. Encouragée par mon silence et mon immobilité, elle passa sa main dans mes cheveux, puis la descendit doucement vers ma nuque. Sa main était douce et chaude; je me laissais faire tout en la regardant dans les yeux. Alors, lentement, elle approcha ses lèvres des miennes et y déposa un doux baiser, plein de tendresse. Je fermai les yeux. Elle colla davantage ses lèvres sur les miennes, mordillant ma lèvre supérieure, puis la suçota. Je poussai un soupir de plaisir.

Considérant ma torpeur comme un acquiescement, elle se colla à moi, passant son bras dans mon dos. Sa main parcourut ma colonne vertébrale, puis descendit jusqu'à la naissance de mes fesses. Son autre main ne resta pas inactive; elle caressa un sein, et en pinça vicieusement le mamelon. Sa bouche couvrait mon cou d'un souffle chaud.

Excitée par la situation, par ses caresses aussi, je posai à mon tour ma main sur son sein gauche: il était gros, lourd. Elle retira sa blouse et ses seins émergèrent du tissu – elle ne portait pas de soutien-gorge. Ses aréoles étaient larges et ses tétons, proéminents. Ma bouche fondit sur un mamelon; je le suçai, l'aspirai – je l'entendis haleter. Pendant que ma bouche s'activait sur sa poitrine, elle retira sa jupe du mieux qu'elle le pouvait, me révélant du coup son épaisse toison brune. Elle me retira mon t-shirt, puis mon short.

– Tu es superbe, me dit-elle. Tes seins sont magnifiques, comme je les imaginais. Montre-moi ta petite chatte...

Ses paroles de plus en plus coquines m'excitaient. Je retirai mon slip; je sentais ma chatte toute humide. Elle tendit la main entre mes cuisses et enfonça un doigt entre mes lèvres pour le ressortir aussitôt; elle le porta à sa bouche et le suça en me regardant droit dans les yeux.

– Ta chatte est bonne...

Nous nous levâmes et nous nous retrouvâmes face à face. Mon doigt se dirigea vers son sexe et je l'imitai; son jus était salé, mais délicieux.

– Petite perverse, me souffla-t-elle.

Pour la provoquer encore davantage, je m'allongeai sur le tapis du salon en écartant bien les cuisses.

– Viens me lécher, viens me sucer... lui lançai-je. Viens me montrer comme tu me désires...

Elle ne se fit pas prier et plongea sa tête entre mes cuisses. Sa langue passa et repassa le long de ma fente qui ruisselait, s'enfonçant parfois dans mon sexe. La langue tendue, elle agaça mon clitoris. Je mouillais de plus en plus. Puis, toujours la bouche contre mon sexe, elle me pénétra d'un doigt, qu'un deuxième alla rapidement retrouver. Je n'en pouvais plus; mon souffle était court, je gémis. Elle se releva et vint se mettre à califourchon sur mon visage, mais gardant le visage vers mon corps. Sa chatte planait au-dessus de mon visage, sa mouille lui coulait le long des cuisses.

Jamais je n'avais léché le sexe d'une femme auparavant. Timidement, j'avançai ma langue, et aussitôt que je retrouvai son goût salé, je poussai intensément ma bouche contre son sexe pour la sucer avidement. Elle se pencha légèrement sur moi; je sentis son souffle contre ma chatte, puis sa langue me pénétra. Quelques minutes suffirent pour que nous jouissions toutes les deux en même temps. J'avais le corps qui tremblait de tant de plaisir...

– Valérie

ELLE ET LES AUTRES

SOIRÉE DE FÉVRIER

C'est bien connu: le fantasme de tous les hommes est d'accueillir deux filles dans leur lit. Mais soyons honnêtes et reconnaissons que c'est aussi celui de nombreuses femmes, dont moi. Il y a longtemps que je fantasmais à cette idée, et elle s'est récemment concrétisée.

Un samedi soir de l'hiver dernier, mon amant et moi étions blottis dans les bras l'un de l'autre, nos mains s'amusant distraitement à faire monter doucement l'excitation chez l'autre, lorsque le téléphone sonna. C'était une bonne copine à moi qui s'invitait à venir passer la soirée chez nous; j'acceptai puisque nous n'avions rien de prévu pour la soirée.

Imaginant qu'elle mettrait tout de même un moment avant d'arriver, nous reprîmes notre petit jeu. Et cette fois, c'est la sonnerie de la porte qui mit fin à nos ardeurs – elle arrivait beaucoup plus rapidement que nous ne l'avions imaginé. Lorsque j'ouvris la porte de l'appartement, mon amant eut un certain mal à dissimuler l'érection qui tendait son entrejambe, et je pus voir le regard amusé de mon amie devant la scène. Loin d'être mal à l'aise, elle s'installa sur le canapé, à gauche de lui, tandis que je reprenais ma place, à sa droite.

Puis, elle annonça banalement qu'elle avait cru bon passer au club vidéo avant de venir afin d'occuper notre soirée. Ce disant, elle sortit deux cassettes de son sac et, tamisant la lumière, alla en insérer une dans le magnétoscope. Il ne nous fallut pas beaucoup de temps pour que nous réalisions qu'il s'agissait d'un film érotico-pornographique. Ma surprise était totale, mais je m'aperçus que je n'étais pas au bout de mes peines lorsque je vis mon amie poser sa main sur la cuisse de mon amant...

Mais aussi étonnée que j'aie pu l'être, cela ne me choqua pas – j'ajouterais même que c'était le contraire...

Pour ne pas être en reste, je posai donc à mon tour ma main sur son autre cuisse. Sans dire quoi que ce soit, nos deux mains se rejoignirent sur son bas-ventre; son érection, qui s'était atténuée, revint rapidement. Le film défilait à l'écran, mais force est de reconnaître que notre attention n'était pas vraiment dirigée vers le téléviseur. Mon amant prit alors l'initiative et détacha son jean, qui se retrouva bien vite sur le plancher.

Ne faisant ni une ni deux, ma copine saisit le sexe bandé de mon amant et entreprit de le masturber. Elle avait visiblement le tour, la petite vicieuse, puisque ses mouvements de va-et-vient lui soutirèrent des gémissements. Je décidai alors de poser ma bouche sur son sexe brûlant, juste au-dessus de la main de mon amie; ma langue s'en donnait à cœur joie et je l'inondais de ma salive.

La main de mon amie se fit de plus en plus pressante. Puis elle se pencha à son tour sur la queue de mon amant; je sentis son souffle chaud sur mon visage, je vis sa langue mouillée et gourmande se poser à la base de sa verge, ses lèvres pulpeuses embrasser les testicules. Nos deux langues s'ébrouèrent sur ce sexe qui ne pouvait demander mieux. Je retirai le sexe de ma bouche afin de laisser la chance à ma copine d'apprécier cette bite dure et déployée, mais, au moment où je le fis, je vis sa queue gicler. La gourmande dégusta le tout goulûment, provoquant des halètements et des déhanchement chez notre mâle. Mais elle ne m'oublia pas; elle garda quelques gouttes de sperme sur sa langue et chercha ma bouche pour me le faire partager. Dès que nos langues se touchèrent, je sentis des frémissements me parcourir le corps et je n'hésitai pas à prolonger ce baiser sous le regard étonné de mon amant, qui avait saisi son sexe à deux mains pour lui redonner vie.

Son regard nous suppliait de retourner nous en occuper. Ma copine engloutit son sexe, qui retrouva une taille phénoménale, et je regardai le spectacle en glissant discrètement une main dans ma culotte. Sa bouche allait et venait sur son sexe, laissant à son passage une salive qu'elle prenait plaisir à répandre à l'aide de sa main. Ses lèvres se posèrent sur le gland, et je pouvais parfois entrevoir sa langue qui chatouillait le frein. Après un moment, elle retira le membre bandé de sa bouche et me demanda de venir l'aider à soulager notre homme.

Je suggérai d'aller terminer le tout dans la douche.

Elle se dévêtit aussitôt et se dirigea vers la salle de bain, suivie de mon copain; je leur emboîtai le pas en me déshabillant à mon tour. Je réglai l'eau et partis la douche; nous nous glissâmes les trois sous le jet. L'eau était bonne et chaude.

Mes sens étaient émoustillés.

Soudain, deux bouches se posèrent sur mes seins, quatre mains me caressant – tout était nouveau pour moi! Puis, je touchai cette femme, ma copine, comme jamais je n'aurais pu l'imaginer, comme toujours je l'avais rêvé! Et je redécouvrais mon amant.

Tout cela n'était que le début...

– Sophie

RÉVEILLON ET ANNIVERSAIRE

Cette soirée de réveillon 2003 restera une soirée inoubliable pour mon amant et moi. Pour cette occasion, nous nous étions offert un voyage à Acapulco, nous nous étions dit que ça nous changerait du traditionnel Jour de l'an sous la neige et dans le froid!

Après la soirée de la veille du Premier de l'an, mon amant et moi nous étions retrouvés à deux heures du matin sur la plage pour récupérer de la soirée où nous avions bu plus de margaritas que de coutume. N'étant plus très «frais», nous nous sommes allongés à quelques mètres de l'eau, mais notre attention fut aussitôt détournée par de petits gémissements qui venaient de derrière nous.

En nous retournant pour jeter un coup d'œil, nous pûmes discerner trois filles allongées, en train de s'étreindre et de se caresser les unes les autres. Malgré la pénombre – la lune était ronde et claire –, nous distinguions clairement que l'une de ces filles était allongée nue sur le dos, les mains et les pieds noués à des piquets qui, le jour, servaient à retenir les baraquements. Elle portait aussi un bandeau sur les yeux. Mon amant, Louis, ne put retenir un soupir d'exclamation devant ce spectacle qui nous était offert. Visiblement, l'une des filles l'entendit; elle se tourna vers nous, sembla murmurer quelque chose à ses copines, puis se leva et se dirigea vers nous.

Une fois à notre hauteur, elle s'agenouilla à côté de nous, se présenta – elle se prénommait Geneviève – et nous expliqua qu'elles célébraient le vingt et unième anniversaire de naissance de leur copine Christiane, celle qui, justement, était ligotée. Elle nous invita du même coup à participer... Louis et moi échangeâmes un regard d'acquiescement, et il se leva aussitôt pour aller rejoindre les deux autres filles. Alors que je voulus faire de même, Geneviève me retint, et me dit que nous pourrions peut-être faire connaissance toutes les deux et laisser la chance à Louis et à ses copines de s'amuser un peu.

Je restai avec elle; elle retira rapidement le haut de son maillot, me dévoilant ses seins sans gêne. Je me dis que je n'allais pas me priver d'une telle occasion, et je penchai mon visage sur sa poitrine, que je me mis à lécher. Sous mes coups de langue, ses mamelons se distendaient et ses tétons bandaient. En même temps, Geneviève commença à se caresser à travers l'élastique de son string. Elle gémit alors une première fois.

– Oh! je vais jouir d'une minute à l'autre... me dit-elle. Occupe-toi de ma chatte...

Je me penchai alors vers son entrejambe, tout en parcourant son corps de ma langue. Une fois sur son pubis, je tiraillai doucement son string avec les dents avant de le lui retirer. Je pus alors admirer une toison brune magnifique, délicatement rasée, qui m'appelait irrésistiblement. Je plongeai mon visage entre ses cuisses et entrepris de la lécher consciencieusement. Elle était déjà bien «réchauffée» puisque quelques minutes de coups de langue rapides et précis la firent jouir. Son corps se cabra, son orgasme fut bruyant.

– À mon tour, dit-elle.

Elle retira mon maillot de bain, m'allongea sur le sable et sa main vint caresser mon ventre. Je me tordais déjà sous ses caresses. Mon ventre fit des vagues pour l'inviter à descendre sur mon sexe.

J'avais la vulve en feu, comme lorsque mon amant retarde le moment de me prendre. Je sentais ma chatte qui distillait mon liquide intime. Elle s'approcha de mon sexe, attrapa mes lèvres et les pinça; elle posa sa bouche sur mon sexe gluant et se mit à se repaître de ces bouts de chair. Elle me lécha la fente avec délectation. J'osai alors prendre l'initiative: d'autorité, je la collai sur le sable et je m'agenouillai au-dessus de son visage, ce qui me permit de regarder mon amant et ses copines qui, à quelques pas, ne restaient pas inactifs. Elle poussa ses lèvres contre mon sexe et me lécha avidement; elle passa dessus avec sa langue, mordilla mes lèvres, plongea sa langue en moi. J'arrêtai d'onduler sur sa bouche, et je jouis.

Prenant nos morceaux de maillots, nous allâmes rejoindre les autres. Au moment où nous nous allongions à côté d'eux, Louis éjaculait dans la chatte de Camille, puis il se laissa choir sur le dos, sur la plage. Christiane, la troisième fille, suggéra alors qu'elle et moi nous nous amusions avec Camille, tandis que Geneviève s'occuperait de Louis.

Christiane écarta les lèvres du sexe de Camille et caressa son clitoris.

– Regarde, comme elle est excitante, cette petite vicieuse... Viens lui faire sa fête...

Je ne me le fis pas dire deux fois. Je m'installai entre ses cuisses bien écartées et je commençai à la caresser pendant que Christiane se glissait dans mon dos. Elle entreprit de me caresser les seins, bien placée pour ne rien perdre du spectacle que je comptais lui offrir. Ma main avança sur le ventre de Camille, mes doigts glissèrent dans sa chatte, s'enfonçant et ressortant. Elle aimait ça! Elle gémit pendant que je continuais...

Je sentais son plaisir augmenter à chacune de mes caresses. Voyant que j'étais aussi excitée, Christiane glissa une main sous mon entrecuisse et entreprit elle aussi de me caresser. J'étais excitée de me sentir masturbée, excitée aussi de voir cette jeune fille offerte à mon regard et à mes désirs. Je sentais mes doigts inondés de son jus, je les passais sur mes lèvres, puis j'obligeais Camille à les sucer.

– Branle-la... me dit Christiane en allant s'asseoir sur son visage. Regarde-moi la mouiller... ajouta-t-elle, en frottant sa chatte contre la bouche de la pauvre Camille, impuissante.

Toujours entre les cuisses de cette dernière, je remontai ses jambes sur mes épaules, j'écartai ses fesses et je mouillai son anus. D'un doigt, j'entrepris de la sodomiser. Ses plaintes, ses gémissements et ses halètements s'étouffèrent sous la chatte de Christiane. Louis et Geneviève interrompirent leurs ébats pour nous regarder – il est vrai que le spectacle était lubrique!

Mon sexe était tout chaud et ma main ne put résister à la tentation de le caresser; j'étais toute mouillée et j'avais le goût de jouir. Aussitôt que je me pénétrai de mes doigts, les yeux rivés sur la chatte de Christiane qui forçait la bouche de Camille, je partis: j'eus un orgasme long et profond. Au même moment, Christiane s'affaissait sur le sol.

Geneviève libéra Camille, visiblement épuisée...

Puis, nous nous lovâmes tous les cinq les uns contre les autres – il ne fallut pas beaucoup de temps avant que nous recommencions...

– Élaine

LES FEUX DE LA SAINT-JEAN
LES FEUX DE LA SAINT-JEAN JEAN

Je m'appelle Carla, j'ai un peu plus de 40 ans et, honnêtement, je ne me trouve pas trop mal physiquement, quoique je sois un peu «enrobée» avec 70 kg pour 1,68 m. Ce sont surtout mes fesses qui sont volumineuses mais, fort heureusement, elles sont restées fermes, avec à peine quelques traces de cellulite à la naissance des cuisses. Et puis, il y a ma poitrine, assez forte, sur laquelle la loi de la pesanteur commence à agir. On ne peut donc pas dire que je manque de formes...

Divorcée et seule depuis plus de trois ans, j'ai récemment accepté une invitation d'un couple d'amis: aller assister avec eux au feu d'artifice et au bal champêtre organisés à l'occasion de la Saint-Jean-Baptiste dans une petite ville près de chez moi et où ils séjournent avec leur roulotte.

En cette fin de journée de juin, il fait une chaleur étouffante et je décide donc de revêtir simplement une robe d'été très légère, ample et longue. L'avantage, c'est qu'elle m'amincit; de plus, je peux la porter sans rien d'autre, pas même un slip ou un soutien-gorge – et tant pis pour la marque laissée par les bouts de mes seins! Après tout, il fera sombre dans pas longtemps.

Je retrouve Gilles et Ginette sur le lieu de la fête, un parc du centre-ville. Ils sont en train de rire avec une autre jeune femme, une collègue de travail de Gilles, et je comprends tout de suite qu'ils n'ont pas bu que de l'eau en m'attendant. En effet, Ginette rit beaucoup, sans raison apparente, alors que son mari ne se prive pas de dorloter gentiment la femme assise à côté de lui; elle se prénomme Sylvie et ne semble pas farouche. Tout le monde me fait la bise, sauf Ginette, qui m'embrasse carrément sur la bouche. Je suis tout de même un peu gênée devant les autres, mais visiblement personne n'y attache la moindre importance, il n'y a que moi qui suis troublée.

Nous bavardons beaucoup; quelques bouteilles plus tard, il commence à faire nuit, et le feu d'artifice ne va plus tarder. Je me sens un peu éméchée, mais ce n'est rien à côté de Ginette, qui est de plus en plus... gaie. Elle a en effet un comportement inaccoutumé, car à plusieurs reprises elle m'a touché la cuisse tout en me parlant, un peu comme pour retenir mon attention. Le problème, c'est que, chaque fois, elle a remonté ma robe un peu plus, et sa main est maintenant posée à même ma peau. Je suis persuadée que cela n'est pas dû au hasard et je commence à ressentir une sensation bizarre dans le ventre.

Apparemment, les autres s'en fichent complètement; d'ailleurs, ça fait un bon moment que Gilles, qui est assis en face de nous à côté de sa collègue, n'a plus les mains sur la table. Je ne connaissais pas mes amis sous cet angle et je me demande comment cette soirée va se terminer. Mais je n'ai pas vraiment le temps de m'attarder sur le sujet, car les premières gerbes de lumière explosent dans le ciel en me faisant sursauter. Au même instant, une main se plaque fermement sur mon pubis, c'est bien sûr celle de Ginette, qui se penche vers moi et me chuchote à l'oreille:

– Ouvre bien les cuisses, salope, ou je dis à tout le monde que tu ne portes pas de slip...

Je manque de défaillir, mais de peur qu'elle ne mette sa menace à exécution, je lui obéis immédiatement; je sens alors deux doigts s'insinuer dans mon intimité trempée et je me mords les lèvres pour ne pas gémir. Il faut dire que c'est la première fois depuis mon divorce qu'une main autre que la mienne touche mon sexe, qui se met à mouiller encore plus abondamment. Mais cette caresse me fait aussi réaliser que j'ai sérieusement envie de faire pipi, ce qui n'est pas étonnant vu la quantité de bière que j'ai bue. J'en fais part à ma voisine et, du coup, elle retire sa main; sourire aux lèvres, elle lèche ses doigts trempés de ma mouille. Heureusement, les autres ont tous le regard dirigé vers le ciel et personne ne fait attention à son manège.

Le bouquet final à peine retombé, l'orchestre se met à jouer et Gilles nous exhorte à aller danser. Sans attendre la réponse, le voilà déjà parti, entraînant Sylvie vers la piste de danse où de nombreux couples ondulent déjà. Moi, je n'ai qu'une envie, et c'est d'aller aux toilettes! Je me lève et Ginette se précipite pour m'accompagner et m'indiquer le chemin. La «cabane» qui sert de toilette est mal éclairée et il s'en dégage une odeur épouvantable; aussi, je décide d'aller faire pipi plus loin, à l'extérieur, car il y a suffisamment d'arbres et de buissons pour me mettre à l'abri des regards. Mais mon accompagnatrice ne me lâche pas.

Cette situation et les attouchements que Ginette m'a prodigués m'ont mise dans un état d'excitation tel que je n'ai plus de pudeur, et c'est tout naturellement que je relève ma robe jusqu'au nombril. Elle passe derrière moi et me propose de tenir ma robe pour que je ne la salisse pas. Je fléchis les genoux tout en écartant les jambes, et je soulage enfin ma vessie.

Alors que le sifflement caractéristique du pipi trop longtemps contenu se fait entendre, je sens la main de Ginette se plaquer sur ma chatte. Bien sûr, je ne peux plus m'arrêter et je l'arrose copieusement. Ses doigts ne restent pas inactifs, elle me masturbe le clitoris avec une efficacité telle que je jouis avant même d'avoir fini de pisser, ce qui ne m'était jamais arrivé auparavant. Évidemment, ma robe est trempée et mes jambes mouillées, mais je m'en fiche; cette femme a déclenché un orgasme foudroyant en quelques secondes et je n'ai plus qu'une envie, que cela continue.

Ginette me lèche le lobe de l'oreille tout en s'affairant dans mon dos lorsque, soudain, je sens sur mes fesses nues le contact de sa peau. Un délicieux chatouillement provoqué par les poils de son pubis, qu'elle avait dû raser il y a quelques jours, me confirme qu'elle a baissé son short et qu'elle frotte sa chatte nue contre mon cul – c'est divin!

Je me penche vers l'avant et je passe ma main entre mes cuisses pour essayer d'atteindre son sexe; c'est difficile et je me dis que je suis trop en chair... Mais au même moment, un jet brûlant se répand entre mes fesses, arrose ma main et coule le long de mes cuisses: Ginette est en train de me pisser dessus! Je ne suis plus en état de me contrôler; tout ce que je veux, c'est jouir! Je me branle furieusement la chatte, et un nouvel orgasme me fait tomber en avant, à genoux dans l'herbe trempée par nos abondantes mictions.

J'ai la tête qui tourne et je ne réagis même plus lorsque deux mains me poussent dans le dos, puis écartent vigoureusement mes deux globes charnus. C'est lorsqu'une bouche chaude vient se plaquer sur mon anus que je reviens à la réalité, voilà que cette vicieuse me lèche le cul maintenant. Je ne tarde pas à réaliser mon erreur puisque, levant la tête, je vois Ginette, là, en face de moi, en train de se caresser la chatte en me souriant. Et me voilà prise de panique: à qui donc est cette langue qui fouille mon anus? Je n'ai pas le temps de me questionner bien longtemps car la bouche qui s'occupait si bien de moi s'est retirée et je ressens aussitôt une vive douleur, tout en entendant la voix de Gilles s'écrier:

– Oh! mais quel cul!

En une seule poussée, le mari de ma copine s'est enfoncé en moi; heureusement que dans mes pratiques solitaires je me suis également occupée de dilater un peu mon anus. Pourtant, malgré cela, j'ai bien cru qu'il allait me déchirer. Mais très vite, la douleur laisse la place au plaisir et cette queue qui pilonne mon cul me fait jouir pour la troisième fois et je m'écroule pour de bon, à plat ventre dans l'herbe humide.

Gilles, qui n'a pas joui, se retire; dans un état second, je le vois présenter sa verge à Ginette qui ouvre grande sa bouche pour recueillir les giclées de sperme.

Ensuite, je ne me souviens plus de rien.

Lorsque je reprends conscience, je suis allongée dans la roulotte de mes amis. La musique de la fête est maintenant très éloignée. Ginette m'explique que je me suis évanouie et qu'ils ont préféré me ramener à leur camping tout proche plutôt que de me reconduire chez moi dans cet état.

Je comprends aussi que le déroulement de cette soirée était prémédité, que mes amis pratiquent régulièrement l'échangisme et qu'ils avaient envie de me faire sortir de l'isolement et de l'abstinence dans lesquels je vivais depuis mon divorce. Tout à fait entre nous, même si j'avais refusé s'il me l'avait proposé, c'est le plus beau cadeau qu'ils pouvaient me faire. En fait, tout le monde y a assidûment participé puisque c'est Sylvie qui, de sa langue, m'avait détendu et lubrifié l'anus avant la pénétration du sexe de Gilles, un vrai travail d'équipe, quoi!

Leurs vacances ne s'achèveront que dans une semaine. Inutile de vous dire que l'expérience de cette nuit ne restera pas isolée car, avec mon accord cette fois, Ginette, Gilles et Sylvie ont promis d'user et d'abuser de moi tous les jours jusqu'à leur départ.

– Carla

COLOCS... PARTICULIÈRES

COLOCS... PARTICULIÈRES RES

Je suis une jeune femme de 27 ans, et je suis sans petit ami depuis deux ans. J'ai vécu avec François pendant quatre ans, mais nous nous sommes laissés car, même si le sexe suffisait à nous garder ensemble, il n'y avait plus d'amour entre nous.

Depuis ce temps, je partage un appartement avec une copine, Sophie, que je connais depuis une dizaine d'années; elle a quitté son copain à peu près en même temps que moi. Nous sommes un peu comme deux sœurs et nous nous entendons à merveille.

Au début de notre cohabitation, elle fut un peu étonnée de me voir me balader dans l'appartement vêtue simplement d'une petite camisole blanche ou d'un string. Au fil du temps, toutefois, elle qui ne porte jamais de slip a aussi commencé à se déplacer nue à la maison. J'ajouterai que je me rase entièrement le pubis et que j'ai une poitrine assez plantureuse, alors que Sophie, elle, a de plus petits seins et qu'elle taille son pubis en y laissant un petit triangle de poils – nous nous épilons mutuellement à la cire. Cela dit, nous n'avons jamais été attirées l'une vers l'autre, même si nous nous sommes parfois surprises l'une ou l'autre en pleine séance de masturbation.

Depuis quelques semaines, Sophie, qui ne souhaite pas de relation sérieuse et suivie, s'est néanmoins trouvé un partenaire sexuel, Bernard, qui est pas mal du tout. Sophie m'a par ailleurs avoué qu'il faisait l'amour comme un dieu! Une ou deux fois par semaine, donc, lorsque je reviens de mon quart de travail de nuit, il est à l'appartement et tous deux – lui aussi est sans pudeur – se baladent nus devant moi. J'ai ainsi pu confirmer ce que Sophie m'avait avoué, c'est-à-dire que son sexe est plus grand que la moyenne.

Mon histoire se passe un jour de canicule, en août. Ce matin-là, en rentrant du travail, je m'empresse de prendre une douche et de m'habiller car j'ai rendez-vous chez le coiffeur à dix heures. Sophie me dit qu'elle a, pour sa part, des courses à faire. Nous quittons donc l'appartement ensemble, avant de nous séparer sur le trottoir et d'aller dans notre destination respective.

De retour à l'appartement quelques minutes avant midi, épuisée car je n'ai pas encore dormi, je me dévêts et je m'installe au salon, car il y a un peu plus d'air. Lovée confortablement au creux du canapé, j'entreprends de me masturber avec un godemiché; je me caresse le clitoris, puis j'introduis le gode dans mon vagin. L'orgasme vient rapidement, et je m'endors quasi instantanément.

Je ne dois pas dormir très profondément car j'entends vaguement Sophie revenir de ses courses, mais elle n'est pas seule car je l'entends parler à quelqu'un. C'est Bernard. Je réalise que je suis encore sur le canapé, nue, avec le gode qui traîne tout à côté. Mais je n'en ai que faire, je suis bien et trop fatiguée pour me rendre à ma chambre. De toute façon, Sophie doit aller au travail bientôt.

Je sombre à nouveau dans le sommeil.

Soudain, je rêve que quelqu'un me caresse la poitrine, cajole mes mamelons, triture le bout de mes seins durcis entre ses doigts et me les suce doucement. Cela semble si réel que je ne peux m'empêcher de mouiller. Puis je descends ma main vers mon pubis et je me caresse doucement jusqu'à ce que, tout à coup, je réalise qu'une autre main se trouve tout près de la mienne. J'ouvre les yeux et j'aperçois Bernard devant moi, nu comme un ver, son sexe immense au garde-à-vous. Surprise, je sursaute. Il me fait «Chut...» et me dit que Sophie est d'accord pour qu'il s'occupe de moi.

Il glisse un bras sous ma nuque, l'autre sous les genoux; il me soulève et me transporte à ma chambre. Tout le long du trajet, je sens son membre me heurter les reins, les fesses. J'hésite à croire que je ne rêve pas. Il m'installe sur le lit, les fesses bien au bord, et entreprend de m'embrasser le ventre en me caressant les seins.

Puis il dirige sa bouche vers mon pubis, m'embrasse les lèvres, fraîchement rasées, puis les écarte et lèche ma fente. Il dirige un de ses doigts vers mon clitoris, le caresse lentement, tout en continuant de me sucer. De mes mains, je presse davantage sa tête contre mon sexe. Ses lèvres suçotent mon clitoris, puis il ouvre grand la bouche et aspire la presque totalité de mon sexe. Je suis près de l'orgasme. C'est alors que, tout en recommençant à suçoter mon clitoris avec plus d'intensité, il introduit deux, puis trois de ses doigts dans mon vagin, auxquels il imprime un mouvement de va-et-vient. Je n'en peux plus, et alors que je gémis de plaisir, je sens mon sexe s'inonder. Il ressort ses doigts de mon vagin, les lèche tout en me regardant droit dans les yeux, et en me massant l'intérieur des cuisses.

Je reprends peu à peu mes esprits.

Il me retourne sur le ventre, soulève mon bassin, m'écarte les cuisses, et introduit doucement son gland dans mon vagin, le ressort aussitôt, puis le fait glisser le long de ma fente jusqu'à mon clitoris, qu'il agace de quelques mouvements, avant de me pénétrer à nouveau. Il effectue ce petit manège plusieurs fois, me pénétrant un peu plus fermement chaque fois en titillant de ses doigts mon anus. Puis, tout à coup, d'un seul coup, il s'enfonce profondément en moi, jusqu'à toucher le fond de mon vagin; il ressort de moi, me pénètre à nouveau, ressort et me reprend encore, en accélérant chaque fois le rythme.

Maintenant, il me pistonne – littéralement –, et enfonce un doigt dans mon anus. Je hurle, je serre les poings et mes ongles me blessent la paume des mains. Jamais je n'ai joui de la sorte; je commence à avoir une idée de ce que l'on veut dire par septième ciel! Un cri sourd accompagne mon orgasme; peu après, c'est lui qui crie et jouit.

Épuisés, nous nous laissons tomber sur le lit. Je le remercie d'un sourire, lui aussi me sourit.

Depuis cet épisode, Bernard satisfait les désirs de Sophie et les miens, mais jamais nous ne l'avons fait à trois et cela ne nous intéresse pas. Mais je dois dire que, parfois, lorsque Bernard fait l'amour à Sophie, je me masturbe en les regardant. Ce que je préfère, c'est lorsqu'il lui fait un cunnilingus en la faisant languir; alors là, ma masturbation atteint son paroxysme. Sophie, elle, aime bien se masturber lorsqu'il me pénètre par-derrière et qu'il m'introduit un doigt dans l'anus. Cette vie sexuelle nous convient parfaitement à Sophie et à moi, tout au moins pour le moment...

– Lucie

AVENTURE NOCTURNE

Compte tenu de mon état de fatigue – nous avons fêté et bu, cela va de soi, toute la soirée –, je me résous à accepter la proposition de mes amis de passer la nuit sur place, dans leur roulotte. Le véhicule est spacieux mais pas vraiment prévu pour quatre personnes; aussi Linda et Hubert se partagent-ils le grand lit, tandis que Francine et moi, nous nous allongeons sur deux étroites banquettes séparées par la table que nous avons repliée pour la circonstance.

Alors que tout le monde est couché, je me rends compte que nous n'avons pas pris de douche malgré la journée passée à transpirer sous le soleil. Comme Francine est déjà endormie et que j'entends le couple chuchoter en se faisant des bisous, je me dis que je la prendrai demain matin et je me laisse entraîner dans les bras de Morphée.

Mon sommeil est toutefois de courte durée car je suis réveillée par l'inconfort de ma couchette dont la largeur ne couvre pas celle de mon fessier – il faut dire que côté cul, mère nature m'a gâtée plus que de raison! À défaut de dormir, je me mets à fantasmer; le résultat ne se fait pas attendre et je me retrouve rapidement avec la main entre les cuisses. Je me plais à imaginer la queue d'Hubert, et pour mieux m'exciter, je glisse ma seconde main sous mes fesses en envoyant un doigt à l'assaut de mon petit trou. Pour faciliter son introduction, je me couche sur le côté, mon majeur y entre d'ailleurs si facilement que je décide de mettre l'index aussi, et de l'autre main me voilà en train de me caresser le clitoris. L'excitation monte en moi, tant d'ailleurs que je dois me mordre les lèvres pour ne pas gémir.

Je me caresse ainsi pendant un bon long moment, mais soudain, j'ai la désagréable impression d'être observée. Je réalise alors que, comme je tourne le dos à Francine, je lui offre une vue imprenable sur mon cul nu que je suis en train de branler avec mes doigts. Je suis persuadée qu'elle ne dort plus et qu'elle ne doit pas perdre une miette de l'indécent spectacle que je lui offre. Non seulement cette idée ne me gêne pas, mais, au contraire, elle m'excite terriblement... Tout à coup... Non, je ne rêve pas, j'entends bien ma voisine qui se lève, et je sens aussitôt le souffle de sa bouche tout contre mon oreille:

– Quelle salope tu fais! me dit-elle. Non seulement tu te branles la chatte et le cul, mais tu te places de façon à bien me le montrer...

Joignant le geste à la parole, elle m'attrape le bras, me forçant ainsi à ressortir les doigts de mon cul, puis elle me force à tourner la tête et me prend la bouche pour un baiser passionné. Ses lèvres se pressent sur les miennes; sa langue fouille ma bouche. Au même moment, ma main droite, qui n'est pas restée inactive, déclenche un violent orgasme et je crois bien que, si cette petite vicieuse n'était pas en train de me bâillonner avec sa bouche, j'aurais réveillé tout le camping avec mes cris de jouissance.

Évidemment, notre manège a réveillé Linda et Hubert qui, assis sur leur lit, se manifestent en lançant sur un ton hypocrite:

– Ne vous dérangez pas pour nous!

Mais l'état de la queue d'Hubert, plaquée contre son nombril tellement il bande, montre bien qu'il est réveillé depuis un moment et qu'il n'a pas perdu grand-chose du spectacle.

Linda met son grain de sel en me disant:

– Pour te faire pardonner de nous avoir réveillés, il va te falloir nous faire une petite gâterie...

Aussitôt Francine me prend par la main, m'entraîne devant le lit de nos amis, où elle m'ordonne de me mettre à genoux. Je m'exécute. Je me retrouve le visage à quelques centimètres de la queue dressée d'Hubert – Dieu! que cette queue est belle! Et son lustre me convainc qu'elle était encore dans la chatte de Linda il y a peu. Mes lèvres sont attirées comme par un aimant et se referment sur cette hampe brûlante; son odeur puissante et son goût âcre me font chavirer. J'ai l'impression de sucer Hubert et de lécher Linda en même temps.

Alors que j'engouffre son sexe, je sens quelqu'un derrière moi, ça ne peut être que Francine puisque Linda m'observe sur le lit, et que mon anus va être investi une fois de plus. Cette fois, ce ne sont pas mes doigts, mais bel et bien sa bouche qui se colle contre mon cul. Quelle sensation délicieuse! Il ne faut que quelques minutes à cette vicieuse pour dilater mon orifice au point que toute sa langue arrive à pénétrer mon anus.

Linda, qui est dans un état d'excitation extrême, repousse brutalement son amant en arrière, m'arrache littéralement son sexe de la bouche et s'empale sur sa queue. Je me trouve maintenant le nez entre les fesses de ma copine qui m'ordonne:

– Lèche-moi le cul, salope, pendant que je me fais baiser par mon homme... Oui... Oui... Si tu t'y prends bien, tu auras une récompense...

Ma langue monte et descend entre les fesses de Linda au gré de sa chevauchée, mais je ne me prive pas, non plus, de glisser jusqu'aux couilles d'Hubert et j'en profite pour boire ce jus d'amour qui suinte à chacun de leurs va-et-vient. Sa chatte fait un bruit obscène chaque fois qu'elle se laisse retomber sur le sexe fiché en elle.

Entre-temps, Francine a changé de position, elle est maintenant couchée sous moi, la bouche collée à ma chatte comme une ventouse. Je me liquéfie littéralement, lui offrant ma liqueur en abondance. Évidemment, elle n'oublie pas mon cul pour autant puisqu'elle y a fourré deux doigts qu'elle agite sans ménagement.

Soudain, Hubert se dégage du sexe de sa maîtresse et me crie:

– Vite, Louise... Viens... Donne-moi ta bouche, ta récompense arrive...

Je me jette sur cette queue gluante et l'engloutis d'un coup, à tel point que son gland me fait mal au fond de la gorge. Quelques secondes suffisent pour que de violents jets de sperme épais et brûlant se répandent dans ma bouche. C'est aussi le moment d'avoir un nouvel orgasme dont Francine, la bouche toujours scotchée à ma chatte, est la première bénéficiaire.

Dehors, le soleil se lève et nous décidons d'aller tous ensemble aux douches du camping pour laver nos corps suintants et odorants avant de prendre un sérieux petit-déjeuner et nous refaire des forces...

– Louise

FEMME

Ma première expérience sexuelle à trois s'est déroulée tout juste après mon dix-huitième anniversaire de naissance – je m'en souviens comme si c'était hier. Je revois tous les gestes, je me remémore toutes les paroles, j'entends encore tous les bruits, les râles et les gémissements... Les miens, bien sûr, mais aussi ceux de mes partenaires. Eh oui, ils ont été deux à prendre ma virginité, deux à prendre mon enfance et à me faire devenir une femme.

C'était un jour de printemps que rien ne distinguait ni ne devait distinguer des autres. Je me baladais avec mon petit copain, Éric, un type d'une vingtaine d'années, très gentil, très tendre, et qui tenait à moi. Il faisait bon, nous étions bien. Nous nous arrêtions de temps en temps sur le pas d'un immeuble pour nous embrasser, nous caresser et, chaque fois, je sentais la bosse de son pantalon durcir de plus en plus fortement.

J'étais vierge, mais pas idiote! Je savais ce qu'il ressentait, et j'aurais aimé lui faire plaisir, le caresser. Mon cœur le voulait, oui, mais mes mains s'arrêtaient, par peur de mon inexpérience mais aussi par pudeur. Nous continuâmes ainsi quelque temps, marchant et nous embrassant, sans trop parler, jusqu'à ce qu'au détour d'une rue, nous croisions un de ses amis. Qu'il était beau! Grand, brun, les cheveux tombant sur ses épaules; ses yeux verts m'ont immédiatement dévisagée. À ce moment-là, je sentis un frisson me parcourir le bas-ventre. J'étais émue, et quand il s'avança pour me dire bonjour, sa bouche frôlant la mienne, je suis certaine qu'il ressentit mon trouble au léger sourire qui se dessina sur ses lèvres. Il nous invita chez lui pour simplement «boire un verre», nous dit-il. J'opinai de la tête à cette invitation, me forçant à ne pas parler, de peur de laisser paraître mon malaise.

Dans la rue menant à son appartement d'étudiant, mon copain et lui se mirent à discuter tous les deux: les cours, leurs petits boulots pour gagner quelques sous... Je les suivais à deux pas, les écoutant distraitement, mais surtout tremblante à l'idée de me retrouver seule avec eux deux. Je sentais quelque chose de tout nouveau grandir en moi, plus précisément dans mon sexe, quelque chose que je n'avais jamais encore ressenti. Ce que c'était? Simplement le désir, une passion soudaine de sentir une bouche d'homme contre mon sexe, une langue entrer en moi, des mains expertes titiller mes tétons gonflés, une queue en moi. C'était une simple envie de sexe, mais je ne le savais pas encore.

Lorsque nous sommes arrivés chez lui, je m'installai sur son canapé et mon copain s'assit tout contre moi. Son ami nous servit à boire et s'assit juste en face de nous. Il roula ce que je pris innocemment pour une cigarette, l'alluma, tira une ou deux bouffées, puis me la proposa. Toujours décidée à ne pas parler, je pris la fameuse «roulée» et j'en aspirai aussi quelques bouffées – je suis sûre d'être devenue aussi rouge qu'une tomate en essayant de ne pas tousser! Mais la magie opéra et au bout de deux ou trois bouffées, je me suis trouvée subitement détendue! Nous riions ensemble, de tout, de rien, pour quelques mots. Comme j'avais chaud, je retirai mon pull et je me calai dans le canapé; mon copain se colla à moi, ses mains sur mes cuisses. La chaleur ressentie plus tôt revint immédiatement.

Dès ce moment-là, je me laissai aller. J'avais envie de m'offrir; envie de lui, envie d'eux. J'entrouvrai les cuisses; je sentais déjà mon sexe mouiller et mon jus dégouliner sur mes cuisses. Ils n'eurent pas besoin d'une seconde invitation. L'ami de mon copain vint s'asseoir tout près de moi. Éric mit ses mains sur mes cuisses et chercha à les entrouvrir davantage; pendant ce temps, l'autre relevait mon t-shirt, exposant mes seins gonflés par le désir. Il les prit à deux mains, les caressa, les palpa; et lorsqu'il mordilla mes tétons, je ne pus retenir mes gémissements de plaisir. La main d'Éric passa entre mes cuisses, il n'eut plus qu'à remonter pour trouver sans mal le moyen de m'ôter ma petite culotte blanche déjà souillée de mouille. Mais plutôt que de me donner immédiatement ce que je voulais, soit ses doigts dans ma chatte, il me caressa doucement le pourtour de la chatte, puis descendit son visage entre mes cuisses et me les embrassa, mordillant mes lèvres chaudes. Ces caresses sur mes seins, sur mon sexe, ces mains et ces bouches sur mon corps me rendirent folle. J'eus envie de crier «Baisez-moi, prenez-moi...», mais je ne fis que gémir et me laisser faire.

Soudain, l'ami de mon copain délaissa mes seins; je le vis se lever et retirer son jean, exhibant un sexe gonflé et qui me semblait énorme. Il revint vers moi et guida mes mains vers lui. Je le pris à pleines mains et il m'aida à trouver le bon rythme à mes caresses. Je compris très vite ce qu'il me demandait et, très vite aussi, j'entendis sa respiration s'accélérer et ses râles de plaisir se mêler aux miens. C'est le moment que choisit Éric pour coller sa bouche sur mon sexe. Mon corps était soudain agité de soubresauts que je ne pouvais réfréner. Sa langue trouva mon clitoris et le titilla, le nargua; Éric s'arrêtait quand le plaisir montait trop vite, puis il reprenait et continuait encore et encore à me lécher. Cette langue, ces mains, mes tétons pincés, mordillés, je ne savais plus qui me faisait quoi. Je tins une queue dans ma main et je la branlai, vite, fort; de plus en plus vite, de plus en plus fort. D'un geste, cette grosse queue se retrouva dans ma bouche et je la suçai. Elle était chaude, douce – c'était encore meilleur. Je jouis pour la première fois; je jouis longtemps; c'était fort, c'était bon. Je tremblais de plaisir.

La bouche d'Éric se détacha de mon sexe, puis il se dévêtit en un tournemain et pénétra en moi – sa bite me sembla encore plus grosse que celle que j'avais dans la bouche. Ce fut un moment délicieux, d'autant qu'Éric était tendre. Il me prenait doucement, probablement parce qu'il savait que j'étais encore vierge, que je lui faisais ce cadeau à lui, rien qu'à lui. Il s'avança lentement, puis, d'un coup, je sentis que je devenais femme, une vraie femme. Je sentis un liquide intense couler entre mes cuisses. Il me pénétra alors jusqu'au fond, brusquement; il bougea vite, fort. Je gémis, de plaisir et de douleur mêlés. Il me transperça le corps, des sensations étranges, inconnues me parcoururent le corps. C'était bon; je le regardais me faire du bien, je le regardais prendre ma virginité tendrement.

Il leva enfin les yeux vers moi et c'est à ce moment qu'il ne put retenir son plaisir et que je le sentis jouir en moi, puis se laisser retomber sur le canapé, épuisé, pendant que l'autre, surexcité par la scène et par mes caresses, éjaculait sur mon visage, entre mes seins.

Nous restâmes là, tous les trois, encore perdus, ne pouvant plus bouger. Je les aimais tous les deux – ils m'avaient aimée tous les deux, m'avaient permis de devenir une femme.

– Émilie

LES QUATRE FONT LA PAIRE

Un soir, en rentrant d'une virée nocturne avec deux amis, nous nous étions installés dans le salon pour discuter. Nous n'étions pas vraiment des «couples», chacun avait sa liberté – Sylvain, moi, Gabrielle et Julien –, mais nous couchions néanmoins les uns et les autres ensemble. Gabrielle était assise à côté de moi, alors que les garçons nous faisaient face.

– Je vous ai vus baiser tous les trois ensemble, cet après-midi... avoua Gabrielle, l'alcool aidant.

De fait, nous nous étions tous trois envoyés en l'air mais, si cela ne me choquait pas outre mesure qu'elle nous ait surpris, les garçons, eux, étaient estomaqués. Julien, son partenaire en quelque sorte «attitré», ne savait plus où se mettre...

– Je comprends le désir d'assouvir ses fantasmes, continua-t-elle en le fixant dans les yeux, puis, se retournant vers moi, mais je dois vous avouer que je serais bien incapable de faire l'amour avec deux garçons à la fois comme tu l'as fait. Ce n'est pas vraiment mon truc...

Je voyais là une belle occasion de nous offrir une partie de jambes en l'air en échangeant nos partenaires, et je voyais dans les yeux pétillants des garçons qu'ils avaient la même idée en tête. Je m'approchai alors de Gabrielle, et je lui dis qu'on pouvait y aller progressivement, commencer par exemple par échanger de partenaire, sans que cela tourne pour autant à la partouze. Je discernai un peu de panique dans ses yeux, mais elle ne protesta pas. Considérant cela comme un consentement muet, Sylvain se dirigea vers elle, Julien vers moi et tous les deux s'agenouillèrent devant nous. Ils n'eurent aucun mal à nous retirer nos robes estivales, aussi légères que courtes, et en moins de deux, nous nous retrouvâmes nues, assises l'une à côté de l'autre. Les garçons nous observaient. Le premier à bouger fut Sylvain; rapidement déshabillé, il bandait déjà fermement. Il déposa un baiser sur chacun des seins de Gabrielle, et descendit jusqu'à son sexe gonflé de désir. Elle s'abandonna totalement à ce plaisir, et ne put retenir un cri de plaisir lorsque Sylvain commença à lui lécher la chatte – il faut dire qu'il savait y faire, qu'il avait une façon bien à lui et très jouissive de triturer un clitoris. Pour ma part, très honnêtement, j'étais fascinée de voir mon homme prendre ma meilleure amie sous mes yeux...

Julien, ne voulant visiblement ne pas être en reste, s'était déshabillé pendant que j'avais les yeux rivés sur sa queue. Son sexe était énorme, bandé, et le spectacle donné par nos amis ne le laissait pas indifférent. Il vint coller son sexe sur ma bouche et je ne me fis pas prier pour l'engloutir et le pomper; j'enserrai la base, tout en passant ma langue autour de son gland dans des mouvements très lents.

Pendant ce temps, Gabrielle avait vraiment «décollé»; elle ne touchait décidément plus terre; Sylvain avait trois doigts enfoncés en elle, et s'activait de plus en plus précipitamment sur son bouton, tant et autant qu'elle ne put retenir un hurlement de jouissance lorsqu'elle jouit, avant de sombrer, immobile, savourant ces secondes intenses. Mais je n'avais pas de temps pour m'attarder à elle, car Julien, lui, commençait à gémir sous l'effet de ma fellation, et lui aussi ne fut pas long à éjaculer dans ma bouche.

Lorsque je me retournai pour voir où en était Gabrielle, force me fut de constater que Sylvain l'avait déjà fait mettre à quatre pattes, face au canapé, et qu'il la prenait en levrette; tout en avalant goulûment les dernières gouttes du nectar de Julien, je ne pus me détacher de ce spectacle qui m'était offert.

La Gabrielle frissonnait, tressaillait, gémissait.

Julien retira son sexe de ma bouche, et se dirigea rapidement vers ma chatte glabre. J'étais mouillée comme une fontaine. À peine aspira-t-il mon clitoris que j'en étais déjà toute retournée. Oh oui, j'étais vraiment excitée, très excitée, et je savais qu'il ne serait pas long à me faire jouir. D'autant qu'en même temps qu'il me léchait et me suçait, il avait déjà enfoncé quatre doigts en moi; même s'ils ne remplaçaient pas une grosse queue, ces doigts me faisaient drôlement de l'effet. Je jouis en même temps que Sylvain et Gabrielle.

Cette dernière était épuisée, moi aussi, mais je n'avais pas obtenu la même satisfaction qu'elle...

Alors que Sylvain lui enfonçait sa bite dans la bouche pour qu'elle la lui lèche, c'était à mon tour de me faire défoncer. Julien me porta vers la table du salon, m'y coucha sur le dos, jambes écartées, pendantes, et s'introduisit en moi d'un coup sec jusqu'à la garde. Je jouis instantanément. Il commença alors de lents mouvements de va-et-vient, et pour être certain de s'enfoncer bien profondément en moi, il plaça mes jambes sur ses épaules, ce qui eut pour effet de lui permettre de buter contre le fond de mon ventre. Alors qu'il accélérait peu à peu son mouvement, il me caressa les seins, passa ses mains sur tout mon corps, m'embrassa fougueusement.

Comme j'étais prête à jouir à nouveau, il introduisit un, puis deux doigts dans mon anus, qu'il triturait à une allure folle. C'est alors qu'il éjacula en moi en disant son plaisir.

C'en était fini pour nous, mais visiblement pas pour Gabrielle et Sylvain, puisque les cris de Gabrielle attirèrent aussitôt mon attention. Quelle ne fut pas ma surprise! Elle était à genoux, par terre, montée comme une chienne par Sylvain, qui l'enculait bien profondément. À chaque coup de butoir de mon chéri, elle hurlait son plaisir et en redemandait encore, ses seins pendant, roulant en tous sens. Puis ils jouirent tous les deux dans un formidable cri collectif, qui nous rappela à tous qu'il est bon de se faire plaisir...

Nous rejoignîmes ensuite chacun nos chambres, avec nos partenaires respectifs; et si, cette nuit-là, Sylvain me fit l'amour comme jamais, je pus aussi entendre aux cris de Gabrielle que Julien lui faisait subir le même sort...

– Élisa

PREMIER TRIOLISME

René m'en parlait assez souvent: son plus grand fantasme était de faire l'amour avec deux filles. Aussi, comme l'idée ne me déplaisait pas non plus, je décidai d'organiser une petite soirée à trois pour son anniversaire.

D'abord, la fille. Mon choix se tourna naturellement vers Christine qui est ma meilleure copine et avec laquelle j'ai découvert les joies de la masturbation. J'abordai directement la question avec elle, sans détour. Elle fut d'abord un peu étonnée, mais elle accepta sans trop d'hésitation – il faut dire que le fait que René lui plaise, ce que je savais, l'aida à prendre sa décision.

La soirée s'était bien déroulée; plusieurs de nos amis s'étaient joints à nous pour cette soirée d'anniversaire et nous eûmes beaucoup de plaisir. Quand tout le monde fut parti, Christine demanda à dormir à la maison sous prétexte qu'elle ne voulait pas prendre le volant puisqu'elle avait un peu trop bu. Cette dernière passa à la salle de bain pour prendre sa douche, puis ce fut mon tour. Ensuite, alors que René allait prendre la sienne, Christine, qui avait mis un string et un débardeur évanescent, et moi une nuisette et un slip transparents, nous installâmes confortablement sur le lit dans la chambre.

Quand René revint dans la chambre et nous découvrit toutes les deux ainsi, il resta bouche bée. Il n'eut pas le temps de vraiment réaliser ce qui se passait que Christine avait déjà pris la direction des «opérations». Elle s'installa sur le bord du lit et attira René contre elle; elle me fit signe de venir et descendit le slip de mon conjoint. Nous étions assises côte à côte devant la bite durcie de René. Christine commença par m'embrasser à pleine bouche sous les yeux de mon amant, avant d'engloutir sa bite jusqu'au fond de sa gorge. Puis, plaçant un bras autour de mes épaules, elle la guida jusqu'à la mienne. Pendant de longues minutes, nous nous sommes alors passé la bite de René, le suçant à qui mieux mieux..

Alors que je m'activais sur sa queue, Christine prit un condom sur la table de nuit, puis me retira la queue de la bouche; elle la caressa pendant quelques instants, puis lui enfila délicatement le condom. Elle me fit allonger sur le dos, les jambes pendantes sur le bord du lit, s'agenouilla sur le sol pour me lécher la chatte, tout en offrant sa croupe à René. Il ne se fit pas prier et, faisant fi des préliminaires, il la pénétra d'un coup, ce qui eut pour effet de tirer un gémissement de Christine, une plainte mêlant plaisir et douleur.

René baisa Christine dans cette position pendant de longues minutes pendant que je subissais les assauts de la langue de ma copine. René se retira d'elle, puis il vint s'allonger à côté de moi; sans attendre un instant, Christine délaissa ma chatte pour aller s'empaler sur sa bite. Je me relevai, je m'agenouillai au-dessus de la tête de René pour qu'il termine ce que Christine avait si bien commencé. Sa langue s'insinua aussitôt dans ma fente.

De plus en plus excitée et trempée, je chevauchais agressive-ment sa bouche, puis je me laissai retomber sur le lit et le suppliai de me prendre à mon tour. René retira le condom – nous vivons ensemble depuis trois ans – et me fourra sa bite dans la chatte. Christine se caressait les seins en se masturbant vitement; je glis-sai l'une de mes mains entre ses cuisses, et je l'invitai à se placer au-dessus de moi pour que je la lèche à mon tour.

Nous nous déchaînions tous les trois...

René était trempé de sueur; visiblement épuisé, il s'allongea sur le dos et nous nous mîmes chacune d'un côté pour nous occuper ensemble de sa bite toujours bien dressée.

Christine nous demanda alors si nous avions déjà essayé la sodomie. Je lui dis que oui, mais que je n'avais pas particulièrement apprécié. Elle nous dit qu'elle, elle adorait, et demanda à René s'il était d'accord pour la prendre par-derrière. Il me regarda et je fis oui de la tête. Elle me tendit un condom et, pendant que je l'enfilais lentement sur la bite de René, nous la regardâmes se caresser l'anus pour l'assouplir et le préparer à recevoir la queue.

Quand elle fut prête, ma copine se mit à quatre pattes. René se plaça derrière elle et lui écarta délicatement l'anus avant de commencer à la pénétrer doucement. Christine gémissait, elle commençait visiblement à jouir lorsque René s'enfonça jusqu'à la garde et se mit à aller et venir tranquillement, avant d'accélérer le mouvement. Je regardais et j'écoutais Christine exprimer son plaisir de plus en plus fort, tout en me caressant fiévreusement. Au bout de quelques minutes, René me fit signe de m'approcher de lui; je compris qu'il allait jouir. Il se retira de ma copine, puis, retirant le condom, il dit à Christine de me rejoindre. Il se masturba, la queue collée à nos visages, avant de gicler et de se répandre sur nos visages.

Après être retournés à la douche, les trois ensemble cette fois-ci, nous nous sommes couchés sans rien dire. Le lendemain, nous avons parlé de cette soirée et nous avons convenu de recommencer un de ces jours...

– Dominique

TROIS POUR MOI

Je m'appelle Lorraine. J'ai 27 ans, je mesure 1,68 m et je pèse 53 kilos. Je suis assez jolie et j'ai un corps dont les hommes disent qu'il est superbe. Surtout, j'aime le sexe sous toutes ses formes et je ne m'en cache pas; tous mes amis, garçons et filles, le savent d'ailleurs pertinemment bien, d'autant que j'ai couché avec presque toute ma bande d'amis, y compris les filles puisque je suis bisexuelle. L'aventure que je vous raconte s'est déroulée il y a environ un an.

Toute une bande de copains et copines – nous étions une douzaine –, nous avions loué un grand chalet dans les Laurentides pour les vacances. L'ambiance était géniale, même si les premiers jours furent très calmes, je dirais même trop pour moi qui voulais un homme pour satisfaire mes envies grandissantes. Il faut dire que je n'avais pas baisé depuis près de trois semaines, ce qui pour moi est aussi exceptionnel que rarissime, et que je n'en pouvais plus.

Un soir, presque toute la bande était allée dans un bar du village; j'avais décidé de ne pas les accompagner puisque mon budget commençait à être serré. Serge, Vincent et Yves avaient aussi décidé de rester au chalet et de s'accorder une soirée relax. Vers 22 heures, je décidai d'aller prendre un «bain de minuit»; Serge et Vincent, avec lesquels j'avais déjà couché dans le passé, m'accompagnèrent.

Le manque et l'envie me firent alors perdre la tête... Aussitôt dans l'eau, je retirai mon maillot, puis je me rapprochai d'eux et je les embrassai tendrement. Retirant à leur tour leurs maillots, ils vinrent se placer face à moi. J'empoignai leurs bites et je sentis qu'elles commençaient à gonfler. Je leur suggérai de sortir de l'eau. Je m'agenouillai, ils se placèrent tous deux face à moi, me tendant leurs bites à sucer, ce que je fis, l'une après l'autre, puis les deux ensemble.

Je n'entendis pas Yves arriver; je m'aperçus qu'il était là lorsque je le sentis contre mon dos – la situation m'excitait terriblement, jamais je n'avais été prise par trois hommes en même temps; je mouillais comme une fontaine. Yves me caressait les seins. Je sentais son sexe durcir dans mon dos. Puis il commença à s'occuper de ma chatte en y enfonçant un doigt, puis deux. Excitée, fébrile, les deux queues toujours dans ma bouche ne me suffisaient plus. Je l'implorai alors de me baiser, ce qu'il fit aussitôt sans ménagement – quelle grosse queue il avait!

Son pilonnage finit par me faire perdre la tête; je voulais être leur pute, je voulais qu'ils me prennent comme une salope. Ils le savaient.

Les choses allèrent ensuite très vite...

Vincent s'allongea sur le sol et je m'empalai immédiatement sur sa queue, puis j'implorai Serge de m'enculer en même temps. Pour la première fois, j'allais être prise en même temps par-devant et par-derrière. Je les sentais tous les deux bien enfoncés en moi; ils me prenaient tous au même rythme. Je criais, je gémissais. Je les voulais plus profondément, je les suppliais d'aller plus vite, et je suçais toujours Yves avidement.

Je voulais tester une autre «saloperie», comme ils disent; je voulais que deux bites s'enfoncent en même temps dans ma chatte; j'implorai donc Yves de rejoindre Vincent. Ils m'arc-boutèrent, mes jambes furent ramenées par-dessus ma tête – jamais je n'aurais cru être aussi flexible. À peine la queue d'Yves eut-elle rejoint celle

127

de Vincent que je fus transportée par un orgasme fulgurant. Mais j'en voulais encore plus, je leur hurlais de me pilonner, je les suppliais de me défoncer. Je ne sais pas combien de temps ils m'ont prise ainsi, mais je sais que je n'avais plus mes esprits. Je n'étais plus que chairs meurtries et plaisir.

Vincent se retira de moi et se masturba à quelques centimètres de mon visage, avant de m'enfoncer brutalement sa queue dans ma bouche et d'éjaculer; les deux autres continuèrent de me pilonner jusqu'à ce qu'ils éjaculent à leur tour et me remplissent la chatte et le cul.

Puis, tous les quatre, nous retombâmes inertes sur le sol. Pendant de longues minutes, mon corps trembla de convulsions – c'était plus que je n'en avais rêvé!

– Johanne

ELLES: FANTASMES

MON PLAISIR SOLITAIRE

J'ai déjà parlé souventes fois de masturbation avec des copines, mais les conversations tournent toujours au «Personnellement, je n'en sais rien, mais j'ai entendu dire que...». N'empêche que malgré tous ces faux-fuyants et ces pieux mensonges, j'en suis tout de même arrivée à comprendre certaines choses, notamment qu'il n'y avait pas grand-chose de commun entre baiser et se caresser, même si ça aboutit au même résultat, l'orgasme.

Pour moi, une bonne baise avec un homme est quelque chose de tellement rare que ça tient presque du prodige. Bien sûr, je parle du vrai «bon coup», celui qui laisse la gorge sèche, le corps en mille morceaux et la tête dans les nuages. Je dis que c'est quelque chose de plutôt rare car j'ai connu plus que mon lot d'amants qui m'ont laissée sur ma faim. Des caresses hasardeuses, une langue égarée au mauvais endroit ou pas au bon moment et c'est toute une partie de jambes en l'air qui perd de son intérêt. Pas à cent pour cent, je ne dois quand même pas exagérer, mais... une bonne partie quand même. Et c'est ça qui m'étonne le plus quand j'entends mes copines en parler; pour elles, le fin du fin, c'est d'arriver à l'orgasme. Avec un homme, bien entendu.

Moi, en revanche, c'est quand je suis seule que je retire le plus de plaisir...

La petite pression qui titille juste ce qu'il faut, ni trop fort ni trop tendrement; qui me maintient sur le bord extrême de la jouissance le plus longtemps possible avant de tomber. C'est ça que j'aime, c'est ça que je trouve aussi trop rarement avec les hommes, quoique je pourrais aussi bien dire «avec les hommes et avec les femmes», même si j'ai moins d'expérience avec elles.

Bref, vous comprenez qu'il y a longtemps que j'ai fait mon choix, et que ce que je préfère, c'est me masturber. Mais attention, pas le genre de petite branlette honteuse, vite fait mal fait entre deux draps avant de sombrer dans le sommeil. Non, moi, quand je me masturbe, je me joue carrément le grand jeu!

Ce qui m'a toujours paru un peu timide chez mes amies, c'est la préparation. Je ne parle pas ici des caresses préliminaires, mais encore «avant» les caresses. Le temps que l'on passe à penser au plaisir que l'on va ressentir. Ce que j'aime bien de ces moments-là, c'est que rien n'est encore précis, comme une sorte d'état général un peu flou.

La première chose que je fais, c'est de fermer les yeux et d'essayer de prendre conscience de mon corps, n'importe quelle partie de mon corps – en fait, toutes les parties de mon corps sans exception. Les unes après les autres. Le sang qui bat dans la veine le long de mon cou; les cheveux qui se hérissent sur ma nuque quand j'y passe les doigts; le volume tellement sensible de mes seins. Parfois, rien qu'en pensant à mes seins, j'ai l'impression qu'ils deviennent plus lourds et plus fragiles en même temps.

Et puis, mon ventre devient vivant; il se met à vivre d'une vie autonome. Pas uniquement l'extérieur, mais l'intérieur aussi. J'imagine les organes en moi, dans mon ventre. À partir de ce moment-là, je commence habituellement à être réellement excitée. Il me semble que mon vagin est comme le cœur d'une plante, un cœur chaud et doux qui bat doucement, qui enfonce ses racines profondément dans mon ventre. Je sens la sève qui le gonfle.

Quelque chose qui pousse à l'intérieur. Quelque chose qui veut s'épanouir. C'est presque toujours comme ça que ça se passe... La sève coule de mon sexe, ma chatte devient humide et plus sensible. Les lèvres gonflent en s'écartant l'une de l'autre. Mon petit bouton devient plus nerveux. J'ai envie de me toucher, mais je sais qu'il est préférable que je me retienne encore. Parce que l'envie de caresser ma chatte grandit en même temps que ma sensibilité.

Petit à petit, c'est tout mon corps qui a besoin de contact.

Selon l'endroit où je me trouve – parce que je peux me caresser dans n'importe quel endroit –, ça me fait naître des idées différentes. Je frotte mes reins contre le dossier d'un fauteuil et c'est quelque chose que je ne connais pas et qui m'emprisonne. Un truc qui m'irrite et qui m'attire. Si mes cuisses s'entortillent dans des draps frais, c'est comme une nappe liquide qui m'envahit progressivement. Parfois, j'imagine des mains qui me palpent, des doigts qui parcourent tout mon corps. Des ongles qui me griffent sèchement ou qui me pincent avec tendresse.

Il y a toujours un moment où je ne peux plus résister, où je ne veux plus résister: il faut que je me touche. Mais c'est si bon d'attendre sans savoir où mes doigts vont se poser, que je fais durer ce moment le plus longtemps possible. Jusqu'à ce que je ne puisse carrément plus y tenir! Le premier contact est toujours bouleversant, quelle que soit la manière dont je m'y prends. Que je pince le bout de mes tétons avec la pointe de mes ongles ou que j'appuie ma main à plat sur le haut de mon pubis, je sais avec exactitude jusqu'à quelles limites je dois pincer avant que le plaisir se transforme en souffrance. Et ça, personne ne peut le savoir mieux que moi. Je connais l'endroit exact où mes mains doivent se poser pour me procurer le maximum de plaisir. Alors, je me caresse comme ça, en suivant les indications de mon corps. Mais n'allez pas croire que je le fais toujours de la même manière.

Bien au contraire.

Par exemple, j'agace le bout de mes seins, tout en caressant lentement le pourtour de mon sexe – je trouve à la fois exquis et éprouvant d'effectuer cette sorte de ronde tout autour de mon clitoris, sans jamais le toucher, pas même l'effleurer, mais en réussissant à m'en approcher d'assez près pour que je sois sans arrêt sur le fil du rasoir. Moi, je fais ça avec deux doigts, l'index et le majeur bien collés ensemble; je les fais tourner très lentement autour de ma chatte. Quand je veux que ça dure, je commence très large. À l'extérieur des grandes lèvres. Je ferme les yeux et j'imagine que c'est une autre main que la mienne qui me masse le pubis et l'entrejambe – je ne cherche même pas à deviner s'il s'agit d'une main d'homme ou de femme. Je n'imagine rien de particulier. Pas de corps, pas de visage. Uniquement une main qui prend tout son temps.

Le premier choc, c'est quand je franchis la première barrière en écartant les lèvres de ma fente; je perçois une douceur un peu grasse, un peu visqueuse, une humidité terriblement intime et obscène. Parfois, ça m'excite tellement de sentir ma chatte trempée et souple comme une éponge gorgée que je me dis qu'il suffirait de presque rien pour que j'explose. Mais je me refuse de céder aussi rapidement. Alors mes doigts tournent en cercles concentriques de plus en plus resserrés autour du bouton. Jusque-là, il était à peu près tranquille, rien qu'une vague lourdeur d'irritation. Mais quand il sent que mes caresses s'approchent de lui, c'est un peu comme s'il se réveillait. Il enfle, il s'allonge, il se redresse... Enfin, je ne sais pas très bien ce qu'il fait, sauf qu'il devient extraordinairement sensible. Je dois alors résister de toutes mes forces tellement j'ai envie de l'effleurer, de le frôler, de le rouler entre mes deux doigts, mes doigts qui passent justement tout autour de lui, toujours plus près.

J'ai l'impression que tout mon corps rapetisse au point que je ne suis plus rien d'autre que mon clitoris. Alors, il suffit d'un rien, une simple pression du bout du doigt, pour que tout mon corps explose en se dilatant. Une jouissance si parfaite, telle que personne d'autre que moi-même n'est jamais parvenu à me donner. Parce que je me suis enfin rendue à l'évidence: il n'y a que moi qui me connaisse assez, qui me sente assez, pour pouvoir me conduire à la jouissance parfaite.

Après y avoir longuement réfléchi – parce que cela me troublait d'être la seule à pouvoir me donner tant de plaisir –, après aussi m'être beaucoup branlée, caressée, masturbée et tout et tout, j'en suis venue à élaborer ma propre théorie sur le sujet. Avec l'expérience, je suis ainsi persuadée que lorsque l'excitation s'empare de mon corps, ce n'est plus mon cerveau qui commande; lorsque je me fais ainsi l'amour à moi-même, ce n'est pas mon cerveau, mais bien mon sexe qui dirige mes mains. Mon cerveau n'est plus qu'un simple relais qui se contente de répercuter les ordres qui émanent de mon sexe.

Mais est-ce bien logique tout cela?

Peut-être pas, mais terriblement agréable...

– Linda

MA MAÎTRESSE-FEMME

Je vis dans une jolie maison avec un mari sympa et j'élève mes deux enfants. Nous menions une vie bien orchestrée jusqu'à ce qu'une nouvelle voisine emménage dans la maison mitoyenne à la nôtre. C'est une femme près de la soixante, plutôt plantureuse, mais néanmoins coquette. Nous avons non seulement rapidement lié connaissance, mais Marcelle – c'est son prénom – et moi avons aussi sympathisé, prenant l'habitude de partager le thé en début d'après-midi puisque je suis seule une partie de la journée.

Je suis très mince et je dois avouer que j'étais un peu troublée par le physique de Marcelle, qui, lui, tient plus des femmes des tableaux de Rembrandt. Un après-midi, plutôt que du thé, c'est du champagne que ma voisine m'invita à partager pour célébrer son anniversaire. Comme nous ne buvons pas beaucoup d'alcool l'une et l'autre, deux verres nous rendirent détendues, si bien que, de fil en aiguille, nous avons commencé à parler de sexe.

Jusqu'à ce jour, elle était restée très vague sur sa vie amoureuse. Aussi, lorsqu'elle me dit qu'elle aimait les jolies femmes (pour ma part, j'ai une vie amoureuse plutôt banale), je tombai en quelque sorte des nues et... je fus un peu troublée par ses propos. D'autant que, le champagne faisant son effet, Marcelle avait mis sa main sur mon genou. Puis, l'impensable se produisit: elle posa ses lèvres sur ma bouche. Mon étonnement fut vite remplacé par le trouble, et lorsque nos langues se mêlèrent, je sentis instantanément mon sexe se mouiller.

L'idée de me soumettre à son désir, l'idée aussi de notre différence d'âge – j'ai 36 ans – m'excitait. Marcelle prit l'initiative. Elle me demanda de me déshabiller, ce que je fis aussitôt, me retrouvant assise sur ses genoux en petite culotte et en soutien-gorge. Je me lovai contre sa poitrine généreuse et j'entrepris de la palper; elle me dit alors d'attendre et de me laisser faire. Elle m'embrassa comme une petite fille en me titillant les seins, glissant sa main entre mes cuisses, puis lançant ses doigts sous l'élastique de mon slip à la découverte de mon sexe. Pendant une bonne heure, ses lèvres vagabondèrent sur mon corps et ses doigts me firent connaître plusieurs orgasmes.

Puis elle me donna rendez-vous chez elle pour le lendemain.

J'attendis avec impatience le moment de me rendre chez elle. Marcelle m'attendait en nuisette courte dévoilant ses seins majestueux et ses cuisses grassouillettes. Je me jetai contre elle dans un baiser très sensuel et – enfin! – je pus goûter son corps chaud et tendre.

Ce jour-là, Marcelle devint exigeante envers moi, proclamant que lorsque je franchissais le seuil de sa maison, je cessais d'être moi-même et je lui appartenais. Je me rasai le sexe car elle m'obligeait à me présenter à elle en sous-vêtements suggestifs. Oui, c'est une maîtresse-femme, et pour avoir le droit de me nicher entre ses gros seins et de lécher sa chatte humide, je dois être une bonne élève.

Voilà six mois que notre relation dure, dans le secret le plus total bien évidemment, et j'aime un peu plus chaque jour mon amie. C'est un bonheur total de lui faire plaisir et de la laisser s'occuper de ma petite chatte qu'elle aime tant. J'ai découvert autre chose et j'attends toujours de voir jusqu'où cela me mènera...

– Alice

LE FANTASME DE MON MARI

LE FANTASME DE MON MARI

Je me prénomme Ingrid, j'ai 32 ans et je voudrais vous raconter un fantasme que mon mari a eu un jour et que j'ai réalisé pour lui. Ce fantasme en lui-même n'a rien d'extraordinaire, mais il est intéressant lorsqu'il est pris dans son contexte. Je m'explique: je n'étais pas trop portée sur le sexe en général, au désappointement de mon conjoint, d'ailleurs, qui aurait voulu me voir me «libérer» sur ce plan. Nous faisions l'amour de temps à autre, plus par devoir, voire par «hygiène», que par plaisir.

Mais les choses ont changé. Que s'est-il passé? Je ne saurais vous le dire. La maturité? Le cap de la trentaine franchi? Un manque? Peu importe, le résultat est que, depuis ces derniers temps, mon mari et moi faisons l'amour comme jamais nous ne l'avions fait, au point où, d'ailleurs, j'ai découvert les capacités de mon corps à prendre du plaisir de façon que je ne connaissais pas avant! Pour revenir à ce fantasme que nourrissait mon mari, force m'est de reconnaître aujourd'hui qu'il n'était pas très pervers: il souhaitait simplement me voir me masturber devant lui.

Au fil de cette nouveauté qui animait notre vie sexuelle, ma réticence finit par s'estomper.

Un soir, alors que nous regardions la télé et que nous discutions de cela, il a commencé à m'embrasser. Le visage d'abord, le cou, la bouche, tout en me caressant les cheveux; ses caresses se sont faites de plus en plus insistantes. Sa langue s'est dirigée vers mon entre-jambe et a entamé un va-et-vient frénétique sur mon clitoris et mes lèvres, et même dans mon vagin. Inutile de vous dire que j'étais dans tous mes états! Alors, d'un seul coup, j'ai décidé de céder.

J'ai doucement pris sa tête dans mes mains, lui ai demandé de reculer un peu. Puis je me suis mise à me caresser furtivement la chatte, avant de m'introduire un doigt dans le sexe et d'enta-mer de profonds mouvements de va-et-vient. En même temps, avec deux doigts de mon autre main, j'ai commencé à me mas-ser énergiquement le clitoris. Mon mari ne pouvait détacher ses yeux du spectacle que je lui offrais et, visiblement, son excitation croissait.

Au bout d'un moment, satisfait de voir que je me débrouillais fort bien tant je jouissais fort, il s'est joint à moi en m'aidant de sa langue et de ses mains. La jouissance était telle que mon vagin s'est contracté furieusement, tout juste avant de laisser échapper un flot de cyprine que mon mari s'est empressé de lécher avec une délectation non dissimulée. Puis, n'y tenant plus, il m'a pénétrée d'un seul coup. Je me suis laissée entièrement aller.

Nous ne formions plus qu'un dans ce déferlement de jouissance; je sentais que son sexe à l'intérieur de moi accélérait de plus en plus son mouvement, et tandis que, dans un râle de plaisir incontrôlé, mon mari déversait son sperme en saccades sur ma matrice, des larmes de joie que je ne pouvais retenir coulaient de mes yeux. C'était la première fois que je connaissais de telles émotions – ainsi, réali-sais-je, il est effectivement possible de ressentir un bonheur si intense au cours de l'acte sexuel qu'on en pleure de joie! J'en avais bien en-tendu parler, mais j'avais toujours pensé que cela était exagéré.

Voilà, cela peut vous paraître simple, mais croyez que l'intensité de ce moment était telle que j'ai eu très envie de le raconter à d'autres...

– Ingrid

PUR FANTASME

L'histoire que je vais vous raconter est un pur fantasme, que je n'oserais jamais réaliser. Je me prénomme Édith, j'ai 29 ans, je suis plutôt bien en chair, mais aussi, malheureusement, d'une grande timidité. Le regard que les garçons posent sur moi me met souvent dans un état d'étrange excitation, où se mêlent envie et honte, car j'imagine qu'ils participent à mon fantasme: être vue à mon insu. J'y pense d'ailleurs tellement souvent qu'il m'arrive fréquemment de me donner du plaisir en imaginant que des hommes se masturbent tout en m'obligeant à me plier à leurs perversités.

La situation qui me procure le plus de plaisir est celle-ci.

Un soir, je me rends dans un bar à la réputation plutôt sulfureuse. Pour l'occasion, j'ai enfilé une petite robe noire que mes rondeurs naturelles auraient tendance à vouloir faire exploser, car j'ai de gros seins lourds et un fessier qui ne passent pas inaperçus. Une fois au bar, je repère un beau mec brun qui ne tarde pas à venir engager la conversation, vite rejoint par quelques-uns de ses copains qui me proposent de trinquer avec eux, invitation que je décline car je veux garder toute ma lucidité. Ils ont l'air déçus, mais ça ne calme en rien leurs ardeurs.

Je les sens de plus en plus se coller et se frotter contre moi sous prétexte de se faire entendre; voyant que je ne cherche pas à repousser leurs «offensives», ils ne mettent guère de temps à me peloter outrageusement. Je frémis à ce contact et ma chatte commence à pleurer des larmes de bonheur. Je vois dans leurs regards un éclat lubrique: vraiment, ce n'est plus de la discussion qu'ils attendent de moi. Je sens une main qui remonte le long de mes cuisses, et une voix s'exclamer:

— Elle n'a pas de culotte, la salope, regardez!

Joignant le geste à la parole, le type fait remonter ma robe au-dessus de mes fesses.

— Tu voudrais qu'on te baise, ma chérie? Allez, reconnais que tu es là pour ça...

Ce à quoi je réponds du tac au tac:

— Bien sûr que c'est pour ça que je suis là! Vous croyez que je suis ici simplement pour vos beaux yeux? Je vous veux. Tous. Et à la fois...

— Vos désirs sont des ordres, répond un des mecs, m'entraî-nant dans le parking, puis m'obligeant à prendre place sur le siège arrière d'une voiture, dans laquelle s'entassent avec empressement cinq ou six types.

Pendant que nous roulons quelques minutes, je sens des mains me tâter, me caresser, me fouiller. Puis nous semblons arriver à destination, et l'un des types me bande les yeux. Je sors de la voi-ture accompagnée des mecs qui me guident; nous montons un escalier, puis nous parcourons ce qui me semble un long couloir avant d'entrer dans un appartement.

Les types ne font ni une ni deux, et me font passer la robe par-dessus la tête sans me retirer le bandeau. Je les entends s'exclamer; quelques-uns sont plus audacieux, ils me traitent de salope, de pute et de quoi d'autre encore. Je jouis effectivement comme une sa-lope. Puis je sens des corps, nus cette fois-ci, se frotter contre moi; on m'oblige à empoigner des sexes durs et dressés et à les masturber. Aussitôt que l'un a éjaculé, le suivant le remplace. Combien peuvent-ils donc être? Je m'en moque, je voulais qu'ils me baisent, un point c'est tout.

C'est alors qu'ils me font m'allonger et que leurs assauts commencent. Ils m'obligent à les sucer à tour de rôle, parfois même deux à la fois; ils se succèdent en moi, me prennent par-devant, par-derrière. L'odeur de la transpiration de ces corps enfiévrés et du sperme dont ils m'inondent de toutes parts me monte à la tête. Je suis devenue un objet de plaisir qu'ils prennent sans ménagement, ponctuant de commentaires vulgaires et obscènes qui ne font qu'accroître mon excitation et mon plaisir.

Combien de temps cela dure-t-il? Je n'en sais rien, toujours est-il que le rythme des assauts s'estompant, on m'enlève le bandeau des yeux et je peux compter neuf, dix types...

Puis, chaque fois, je me réveille dans mon lit, l'entrecuisse poisseuse, et une large auréole maculant les draps. Ce fantasme, je l'ai vraiment fait, mais ce n'est pas quelque chose que je veuille réaliser, c'est seulement le témoignage d'une femme qui vous confirme que nous avons aussi nos fantasmes qui ne sont pas que rêveries sentimentales...

– Édith

LA CONCIERGE

J'ai 42 ans et même si je ne dédaigne pas me faire prendre de temps à autre, je cherche surtout à épier des couples en action – heureusement, mon travail répond à mes goûts puisque je suis concierge. On peut dire que je connais bien mes locataires. Le soir, je fais le tour des paliers et j'écoute; j'imagine les images en rapport avec ce que j'entends.

Je peux dire, par exemple, que les gens du second sont plutôt portés sur la sodomie, que la femme de l'appartement 4 se fait sauter par le propriétaire du dépanneur voisin, alors que les locataires de l'appartement 7 préfèrent le sado-maso *soft*.

Surtout, j'ai découvert il y a quelques mois un petit poste d'observation tout à fait satisfaisant. Ainsi, cela me permet de guetter le retour du jeune homme qui habite l'appartement de l'immeuble d'en face. Je monte ensuite à l'appartement inoccupé du dernier étage qui donne sur la façade et, tout en laissant la lumière éteinte, j'attire une chaise devant la fenêtre et je m'installe.

Je peux alors les observer à ma guise. C'est un jeune couple, ils sont beaux tous les deux. Elle est asiatique, peut-être vietnamienne. Elle est toute petite, mais elle a une énorme poitrine. Lui est grand et bien proportionné.

Tous les soirs, sitôt le repas terminé, ils se retirent dans leur chambre qui donne aussi sur la façade. Laissant la lumière allumée et les rideaux ouverts, ils se livrent à des corps à corps tout ce qu'il y a de plus érotique. Il y a en particulier une position que je n'avais jamais vue: il la prend sous les aisselles et la soulève; elle se cambre très fort. Elle écarte alors les jambes et il la repose sur son membre en érection. Ensuite, il agrippe ses lourds seins et elle le chevauche, les pieds crochetés autour de ses reins à lui. C'est un spectacle dont je ne me lasse pas.

Hélas, il y a quelque temps, j'ai constaté que la jeune femme était enceinte, ce qui me fait très drôle de voir une femme si fine avoir subitement un aussi gros ventre. L'appartement est sans doute devenu trop petit, parce qu'il y a trois ou quatre jours, un camion est arrivé et ils ont déménagé. Je ne leur ai jamais dit un mot ni même adressé un sourire; pourtant, ils me manquent, ces tourtereaux d'en face... Enfin, à toute chose malheur est bon: plus tard, dans la même journée, j'ai vu débarquer leurs remplaçantes, deux filles très jolies et bien faites. Je les guette maintenant derrière la fenêtre, impatiente de découvrir leurs goûts et leurs préférences...

– Solange

«WELCOME ABORD»

J'étais seule dans ce compartiment du train se rendant à Montréal, où j'allais passer mes vacances chez ma sœur. Assise près de la fenêtre, je ne m'attendais pas à rester seule longtemps, même si c'est ce que j'aurais préféré puisque cela m'ennuyait d'avance d'avoir à partager mon voyage avec des inconnus. Heureusement, le voyage se passa plutôt bien puisque ce n'est qu'au dernier arrêt avant Montréal que quelques passagers montèrent et qu'un homme, environ la quarantaine, l'air un peu macho mais se présentant plutôt bien, entra dans le compartiment et s'assit à côté de moi.

Je l'ignorai en ne détachant pas le nez de mon magazine, et il ne dit rien. À un moment donné, je sentis son regard posé sur moi; visiblement, il m'examinait. J'étais vêtue d'une petite robe d'été, légère et plutôt courte, et je devinai qu'il me toisait les cuisses. Je continuai à faire celle qui ne voyait rien...

Il desserra sa cravate et soupira; il devait avoir chaud car il retira sa veste. Soudain, sans mot dire, il passa sa main sur ma cuisse. Je voulus protester, mais comme le contact m'était agréable, je ne dis rien et le laissai faire. Voyant que je ne lui opposais pas de résistance, il remonta sa main jusqu'à ma culotte. Il me caressa l'entrecuisse, puis glissa sa main à l'intérieur de ma culotte. Je sentais la fièvre monter en moi.

Ses doigts se promenaient maintenant sur et dans mon sexe; glissaient dans mes poils, frôlaient mon clitoris, s'insinuaient délicatement dans ma fente. Craignant probablement que l'on nous surprenne, il me dit:

– Rejoins-moi dans deux minutes aux toilettes...

Il se leva et quitta le compartiment.

Je ne savais pas trop ce que j'allais faire. D'un côté, honnêtement, j'en avais vraiment envie; d'un autre côté, je me disais que je ne connaissais pas ce type. Y aller ou pas? Mon côté aventurière prit le dessus. J'entrai donc dans la toute petite cabine.

– Assieds-toi là! me dit-il.

Je m'assis et je me trouvai légèrement surélevée par rapport à lui. Il s'avança vers moi – mon cœur se serra –, il m'écarta les jambes, releva ma robe, puis retira ma culotte. Ma fente était luisante de plaisir. Il me regarda et me sourit.

– Allonge-toi, ordonna-t-il.

Je m'allongeai. Dans cette position, je ne le voyais plus, mais je sentais sa bouche et ses lèvres sur mes cuisses. Mon sexe était brûlant, je sentais que je mouillais doucement. Sa bouche remonta jusqu'à mon entrecuisse, puis se posa sur mon sexe. Il me demanda d'écarter les jambes et de plier les genoux. Il entrouvrit alors les lèvres de mon sexe, puis je sentis sa langue virevolter autour de mon clitoris – quelle sensation délicieuse! Il me le lécha pendant un bon moment.

Je fermai les yeux tant c'était bon!

Puis je sentis une sensation nouvelle s'emparer de moi – je ne me contrôlais plus, je ne pensais plus à rien, sauf à cette langue qui s'enfonçait en moi. Tout à coup, je ressentis une étrange sensation, comme si on voulait extirper mon âme de mon corps; cela ne dura que quelques secondes. Elle disparut aussitôt que le type

retira sa langue de mon sexe. J'étais haletante, mon sexe me brûlait; j'avais chaud, j'étais fatiguée. Je n'y comprenais rien.

J'étais toujours allongée, l'homme me regardait en souriant
– il était plutôt séduisant pour son âge. Il me demanda de retirer
ma robe, ce que je fis aussitôt. Lui-même dégrafa mon soutien-
gorge, et découvrit mes deux seins durcis; il les caressa l'un et
l'autre, les embrassa, me suça les tétons... Il baissa alors la braguette
de son pantalon et sortit son sexe tendu. Il me prit la main et me
demanda de le masturber. Et pendant que je m'exécutais, il glissa
sa main entre mes cuisses. Tout en me branlant de deux doigts,
il me suçait et me léchait les seins. Soudain, il sortit de sa poche
un préservatif, me le tendit et me demanda de le lui mettre. Je
n'avais jamais fait cela auparavant, mais je réussis plutôt bien. Puis,
il me demanda de le sucer. Là non plus, je ne savais pas très bien
comment m'y prendre, mais je fis de mon mieux. J'enfonçai son
sexe dans ma bouche; tout en le caressant, je passais ma langue
sur son gland et ses couilles. Apparemment, cela devait lui plaire
car au bout de quelque temps, il gémit, puis éjacula.

Quelques instants après, il me dit de me rhabiller, il fit de
même, puis il me demanda de sortir et de retourner à ma place.
Je sortis et rejoignis mon compartiment, satisfaite. Il revint à son
tour quelques minutes plus tard. Il me regarda, me sourit. Nous
arrivions à la gare centrale, à Montréal. Il m'aida à descendre mes
bagages, et au moment où nous allions nous séparer, il me tendit sa carte.

– Merci, dit-il. J'ai fait un excellent voyage grâce à toi...

Et il se perdit dans la foule de voyageurs...

– Isabelle

LE NOUVEAU JOB

Dans ma région, aucun job ne correspondait à mon diplôme, aussi travaillais-je comme serveuse dans un restaurant chic, situé pas très loin de chez moi. Parmi les clients de l'établissement, certains revenaient pour moi, je le savais car ils ne s'en cachaient pas trop... Comme je vivais déjà une relation plutôt tumultueuse, je n'avais pas tellement la tête au flirt.

Un jeudi soir, après une dispute avec mon petit ami, je le quittai, décidée cette fois-ci à ne plus revenir près de lui. Je me retrouvai à la rue, sans endroit où aller; aussi décidai-je de dormir dans ma voiture. Le lendemain, je me présentai à mon job après m'être refait une beauté au mieux de mes moyens. Apparemment, cela n'avait pas suffi, puisqu'un habitué, soulignant ma mine déconfite, me demanda ce qui m'arrivait.

Là, sans pouvoir me contrôler, j'éclatai en larmes et je me mis à tout lui raconter, mon copain, la nuit dans la voiture et le reste... Je pleurais comme une Madeleine. Gentil et attentionné, il réussit à me calmer, ajoutant que je pouvais aller passer la nuit chez lui, que sa maison était grande et qu'il n'y avait personne. Il me rassura en me disant qu'après une bonne nuit de sommeil, les choses iraient probablement mieux. Je l'écoutai me rassurer et j'acceptai son invitation – il dit qu'il viendrait me prendre à la fin de mon service.

Effectivement, lorsque je terminai ma journée, il était là qui m'attendait. Je montai dans sa voiture et nous nous rendîmes chez lui, à la campagne. Et non! il ne se jeta pas sur moi; il me montra une chambre, avec verrou, et me confia une clé de la maison. Persuadée d'avoir affaire à un type gentil, j'allai dormir et je passai enfin une nuit reposante.

Le lendemain matin, je partis travailler, et lorsque je rentrai chez lui, après mon quart de service et après avoir été chercher ma valise chez mon ex, je m'aperçus qu'il m'attendait. Il me demanda si j'allais mieux et m'offrit un verre. Je m'assis sur le bord du divan, un peu tendue. Puis, au fil de la conversation, je lui parlai de mon diplôme obtenu, mais inutile en la circonstance. C'est alors qu'il me dit que si je désirais quitter la région, il aurait un job pour moi à son bureau de Montréal, et qu'il y avait même un appartement meublé de libre dans l'immeuble où il avait son pied-à-terre; il me promit de s'arranger avec le proprio pour qu'il me le réserve. Si la proposition m'intéressait, je pourrais l'accompagner à Montréal la semaine suivante et commencer à travailler.

L'idée fit son chemin dans mon esprit. Quelques minutes après que j'eus gagné ma chambre, je redescendis au salon, où il se trouvait toujours, en train de regarder le bulletin d'information à la télé, et je lui dis que j'acceptais sa proposition. Il sourit, sortit un contrat type que je lus à peine et que je signai; il me semblait qu'il s'agissait du job dont je rêvais, et le salaire me convenait parfaitement. Mais c'était trop facile, j'aurais dû me méfier un peu...

Il me dit alors que nous devions célébrer notre entente; il sortit le champagne, je refusai, puis... j'acceptai un verre. Pour l'accompagner. Je fus vite soûle; il me força la main, prit un deuxième verre, puis un troisième. Je perdis l'équilibre. Il me retint, et me conduisit à un grand canapé moelleux. Il entreprit alors de me déshabiller. Je protestai un peu mais, vu le contrat et l'alcool, j'eus tôt fait de céder. Il retira mon chemisier, puis ma jupe; je me retrouvai donc en sous-vêtements. C'est alors qu'il ouvrit sa braguette et qu'il sortit sa queue, plus grosse que celle de mon ex-petit copain; il l'approcha de mes lèvres et l'y pressa. Je me mis à le sucer du mieux que je pus, mais ma position ne me facilitait pas les choses. Alors, je descendis du canapé, je m'agenouillai devant lui et je repris ma fellation.

Le téléphone se mit à sonner...

Il me dit de le suivre, et tandis qu'il décrochait et se lançait dans une conversation en anglais, je repris ma fellation: je le léchai sur toute la longueur, puis je l'embouchai et je fis monter et descendre mes lèvres de plus en plus loin, de plus en plus vite aussi. La tête me tournait. Alors qu'il parlait toujours, j'entendis brusquement un silence, puis je reçus en pleine bouche une quantité de sperme impressionnante. De sa main libre sur ma tête, il m'obligea à tout avaler...

Il reprit sa conversation téléphonique, s'excusa d'avoir été interrompu, et me relâcha. Je m'écroulai sur le sol. Sa conversation terminée, il m'aida à me relever et me resservit un verre, que je bus avidement. Il me dit que la nuit n'était pas terminée, et me demanda de me placer face contre son bureau. Il me poussa vers l'avant – j'étais à moitié couchée sur le ventre –, il dégrafa mon soutien-gorge, puis me caressa les fesses tout en les écartant. Il versa alors le champagne qui restait le long de ma raie. Quelle sensation! Les petites bulles me mettaient dans tous mes états...

Je repris cependant vite mes esprits quand il plaça son gland juste à l'entrée de mon petit trou! Je m'opposai, je criai, j'essayai de me débattre, mais il me maintint d'une main ferme sur le dos et enfonça sa queue dans mon cul. Ça faisait d'autant plus mal que j'étais vierge de ce côté-là... Lorsque je sentis ses couilles frapper contre mes fesses, j'éclatai en larmes et je me mis à geindre. Il se remua, doucement d'abord, puis de plus en plus vite, de plus en plus fort. La douleur se transforma en plaisir, je cessai mes cris mais je gémis. Tout en continuant de me pilonner le cul, il me dit que ce sera mon job de me faire prendre ainsi ou comme il le souhaitera tous les jours. Ses paroles l'excitèrent et il me bourra de plus belle. Je me dis que non, que j'allais fuir, puis le plaisir suivant, je décidai que oui, ce serait mon job, et que, oui, ça me plairait... Je jouis très vite, peu habituée à pareil traitement. Il me suivit peu après, éjaculant par longs jets dans mon cul... Les trois jours précédant notre départ pour Montréal, ce fut le même manège. Puis, la veille de notre départ, il me dit que le lendemain, il allait recommencer chez lui, à Montréal, et qu'il en serait ainsi tous les jours où il serait là...

Lorsque je descendis de la chambre le lendemain, il me servit une tasse de café; je préférais le lait. Il sourit, me dit que ça, j'allais avoir l'occasion d'en boire, puis il me passa la bouteille de lait et un verre. L'allusion me mit en appétit et dès que mon verre fut terminé, je me mis à genoux devant lui, je lui dégrafai son pantalon et je m'appliquai plus encore que les jours d'avant.

Je l'entendis soupirer, j'entendis ses mots à mi-voix:

– Oh oui! c'est bon! Vas-y! Suce-moi bien! Vas-y, ma petite salope!

Et ces mots, que l'on ne m'avait encore jamais dits, m'excitèrent au plus haut point. Puis je sentis qu'il jouissait; j'avalai consciencieusement tout, jusqu'à la dernière goutte. Je filai ensuite dans ma chambre, tant pour me cacher que pour me masturber comme une folle – et je me moquais qu'il m'entende gémir plaintivement...

Plus tard dans la journée, il frappa quelques coups à ma porte.

– Nous partons dans une demi-heure, me dit-il.

Je fis mon sac, j'enfilai un t-shirt moulant et une jupe jean très courte. Je descendis le rejoindre.

– Ça fait pute ce que tu portes! Allez! Mets-toi autre chose...

J'étais un peu sonnée, mais je m'exécutai. J'ouvris donc mon sac dans le vestibule. Il s'approcha de moi et en sortit mon tailleur, le seul que j'avais.

– Mets ça, et rien dessous, pas même un chemisier...

Je me déshabillai, et me rhabillai. Puis nous prîmes place dans la voiture. Tout en conduisant, il tendit la main vers moi, défit mon bouton de veste, l'écarta, puis m'ordonna de la retirer. Je lui obéis. Tout en conduisant, il me tordait un mamelon, presque distraitement. Il ouvrit ensuite sa braguette et m'ordonna de le sucer. Je commençai les va-et-vient avec ma bouche – Dieu que j'aimais ça! Une fois qu'il eut éjaculé, je repris mon souffle, me rassis sagement et je remis ma veste.

– Merci, monsieur... m'entendis-je lui dire.

Lorsque nous fûmes arrivés à l'immeuble où il habitait, il me tendit mes clefs et m'annonça qu'il viendrait me chercher le lendemain à 9 h 30, et que je devais être habillée comme aujourd'hui. L'appartement était superbe, surtout les grandes fenêtres. Dommage qu'elles ne donnaient que sur l'intérieur de l'immeuble, donc sur l'appartement d'en face... où je vis soudain rentrer mon patron... Pas de rideaux aux fenêtres. Je commençai à comprendre pourquoi cet appartement...

– Danielle

LA DÉCOUVERTE
DE MES SEIZE ANS

Tout a vraiment commencé alors que j'étais toute jeune. Dans mon village de l'Abitibi, les petites filles étaient soigneusement tenues à l'écart des choses du sexe, si bien qu'à seize ans, je ne connaissais pas encore véritablement la différence entre un homme et une femme. Certes, j'en avais bien une vague idée, mais je n'avais rien vu de mes yeux. À l'été de mes seize ans, mes parents m'ont envoyée en vacances chez ma cousine qui habitait à Montréal.

Jacqueline avait le même âge que moi, mais elle était beaucoup plus en «avance». Comme l'appartement ne disposait pas suffisamment de pièces, on nous fit dormir, Jacqueline et moi, dans la même chambre. Le premier soir, je m'endormis aussitôt que j'eus posé la tête sur l'oreiller, mais le deuxième, je fus réveillée par des gémissements qui venaient du lit de ma cousine. Je l'entendis gémir doucement pendant un moment, puis plus rien, le silence. Après quelques soirs de ce manège, l'entendant à nouveau gémir, je demandai à ma cousine si elle était malade, si elle avait mal... Jacqueline alluma la lumière et me répondit que tout allait bien, qu'elle ne faisait que se masturber. Devant mon air hésitant, elle me demanda si j'avais déjà fait «ça». Aussitôt lui ai-je répondu non que ma cousine ouvrait les draps.

Comme je couchais à ses pieds, sur un lit de camp, et que j'étais légèrement relevée, je me trouvais à avoir la tête juste à la hauteur du matelas. Je voyais ma cousine qui avait les jambes écartées, sa chemise de nuit relevée, le sexe délicatement bombé et recouvert d'un fin duvet de poils blonds. Sa main remontée sur sa poitrine, elle s'attrapa à pleine main, tantôt un sein, tantôt l'autre, tirant dessus et le massant. De son autre main, elle commença à se caresser le pubis. À chaque remontée, je voyais deux doigts qui écartaient bien les petites lèvres de sa chatte et qui me révélaient involontairement son trou rose et palpitant. Tout en haut, j'entrevoyais une petite tête pointer...

Comme je m'inquiétais de savoir ce que c'était, Jacqueline pouffa de rire et me l'expliqua. Puis, elle me fit une démonstration. Entre deux doigts en pince, elle faisait aller et venir son petit clitoris. Elle geignait, ses yeux se révulsaient de plaisir. J'aurais bien voulu en faire autant, mais il y avait tant de choses à voir... Lorsqu'elle attrapa une petite bougie sur sa table, se l'enfonça dans le sexe et la fit entrer et sortir de son petit fourreau, je fus stupéfaite, et je le fus encore plus lorsque je distinguai un filet de liquide translucide commençant à perler du bord des lèvres.

Quand la bougie fut bien mouillée, Jacqueline me la fit goûter, c'était âcre et sucré à la fois; elle me dit que c'était son «jus de plaisir». Elle rabattit ensuite les draps sur son corps assouvi et s'endormit. J'étais toute retournée de ce que je venais de découvrir; j'entrepris alors de faire comme elle avait fait et... je ne trouvai le sommeil qu'au petit matin.

Entre Jacqueline et moi, un rapport différent s'établit, car elle devint en quelque sorte mon éducatrice, m'apprenant la manière de me masturber de façon à en retirer le plus de plaisir.

Quand Jacqueline apprit que je n'avais jamais vu de sexe de garçon, elle eut l'air navré et un peu hautain de l'initiée qui fait face à l'ignorance de la débutante. C'est alors qu'elle eut cette idée qui allait définitivement me révéler mon attirance pour le voyeurisme.

Quelques jours plus tard, alors que nous étions au parc, Jacqueline flirta avec Sébastien, son copain du moment. À 20 heures, je m'éclipsai, sous prétexte que j'avais sommeil; je dis «prétexte» parce que j'allais en fait mettre à exécution un plan que Jacqueline avait élaboré.

À l'affût dans un petit buisson d'un coin retiré du parc, éclairé par la seule lumière d'un lampadaire, je vis Jacqueline y entraîner Sébastien. Elle s'arrêta sous un arbre, à quelques pas du buisson, juste dessous la lumière – visiblement, elle s'arrangeait pour que je puisse tout voir.

Sébastien entreprit alors de déboutonner la blouse de Jacqueline; lorsque ses seins en jaillirent, il les porta à sa bouche, les lécha, les téta. Jacqueline roucoulait doucement. Puis elle attaqua le bouton de son pantalon, qui tomba alors sur ses baskets. Puis elle descendit son short qui rejoignit aussitôt le pantalon. Là, pour la première fois, je vis un sexe d'homme.

Au début, je m'étonnai que ce soit si petit, mais quand Jacqueline commença à lui caresser le bas-ventre, la queue de Sébastien se cabra plusieurs fois avant de raidir, gonflée et fière. Jacqueline jeta un coup d'œil dans ma direction, avant de s'accroupir pour faire face au sexe. D'une main, elle décalotta le prépuce, ce petit fourreau de peau à la délicieuse teinte vieux rose; de l'autre, elle se pétrit la chatte. Puis elle dégagea ses seins et se mit en devoir de frotter la longue tige de Sébastien avec sa poitrine.

Après quelques instants, je vis ma cousine avaler littéralement le sexe de Sébastien et se mettre à le sucer; elle l'enfonçait profondément dans sa bouche, allant jusqu'au bout, reprenant sa respiration et couvrant la tête de coups de langue et de baisers humides. Puis elle se releva précipitamment, tenant encore le sexe dans sa main, alors que de longues giclées blanchâtres s'en échappaient pour se perdre dans l'herbe.

Sur un dernier baiser, ils se séparèrent. Sébastien rentra chez lui, et je retrouvai alors ma cousine. Sur le chemin du retour à la maison, je lui racontai tout ce que j'avais vu, tandis que Jacqueline m'expliqua ce que je n'avais pas compris. Une fois dans notre chambre, ma cousine m'invita à passer ma main sous sa jupe, et j'eus peine à croire ce que je sentais: son slip était une véritable éponge! Après avoir pris notre bain, juste avant que nous nous endormions, Jacqueline m'embrassa langoureusement sur la bouche, en me remerciant du pied qu'elle avait pris à se sentir observée.

Mais elle ne savait pas, pas plus que moi d'ailleurs, que cet événement venait de me révéler un aspect de ma sexualité auquel j'allais me consacrer toute ma vie durant: le voyeurisme.

– Irène

TABLE DES MATIÈRES

ELLE ET «L'AUTRE»

ELLE ET ELLES

ELLE ET LES AUTRES

ELLES: FANTASMES

Ville de Montréal

**Feuillet
de circulation**

À rendre le	
2 1 JUIL. 2004	
1 7 AOUT 2004	
1 9 OCT. 2004	
2 4 NOV 2004	

06.03.375-8 (01-03) ✹